《农村青年创业致富丛书》

咱们到城里挣钱去

欧阳军
李曰川　　编著
杨　硕

四川出版集团
四川科学技术出版社

图书在版编目(CIP)数据

咱们到城里挣钱去/欧阳军,李日川编著. -成都:四川科学技术出版社,2007.3(2009.3 重印)

ISBN 978-7-5364-5187-2

(农村青年创业致富丛书)

Ⅰ.咱… Ⅱ.欧… Ⅲ.职业选择-基本知识 Ⅳ.C913.2

中国版本图书馆 CIP 数据核字(2007)第 011674 号

(农村青年创业致富丛书)

咱们到城里挣钱去(修订版)

编 著 者 欧阳军 李日川 杨 硕
责任编辑 李蓉君
封面设计 韩健勇
版式设计 康永光
责任出版 周红君
出版发行 四川出版集团·四川科学技术出版社
成都市三洞桥路 12 号 邮政编码 610031
成品尺寸 185mm×130mm
印张 8 字数 180 千 插页 1
印 刷 四川机投印务有限公司
版 次 2007 年 3 月成都第一版
印 次 2009 年 3 月成都第三次印刷
定 价 12.00 元
ISBN 978-7-5364-5187-2

《农村青年创业致富丛书》编委会

主　编　董仁威

编　会　董仁威　黄森木　欧阳军　刘文传
　　　　何定镛　康定蓉　刘秀品　廖　迅

目录

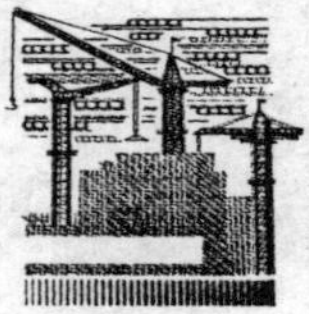

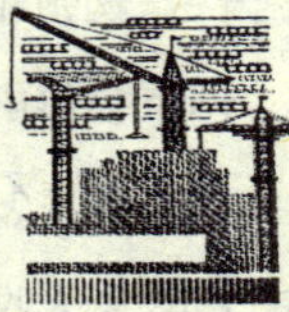

概 述

寻找新世纪最赚钱的产业

前不久,国家统计局投资司和企业调查总队对全国20个地区1 000家企业进行的快速问卷调查显示,2001年企业固定投资意愿很强,近90%的企业愿意将资金用于固定资产投资,以促进产品升级换代和扩大生产能力;86%的企业选择在自己的产业内投资,熟门熟路寻求大发展。此次被调查的企业都是景气企业,是工业、交通和邮电通信业的样本单位,其中,采掘业64家,制造业713家,电力、煤气及水的生产和供应业91家,交通运输、仓储及邮电通信业132家。

在被调查的1 000家企业中,681家企业预计销售收入将比上年增长,218家预计持平,101家认为将有所降,多数企业对2001年的经济前景明显看好。为此,不少企业预计投资将比上年增长5%。从投向看,企业固定资产投资意愿很强。1 000家企业中的684家企业表示如果今年有资金,将首先用于进行固定资产投资;264家企业将首先增加流动资金;决定首先购买国债或股票的企业只有10家。94.5%的企业认为进行固定资产投资和增加流动资金是关系到企业生存和发展的大事。从资金具体用途看,用于促进产品升级换代的占

48.4%，用于扩大生产能力的占40.4%，用于促进环境保护的占5.1%，用于改善职工居住条件的占2.4%。

如有资金企业打算向哪个产业进行投资？1 000家企业中有863家企业回答会投向自己所在的产业，这些产业依次为制造业、电力、煤气及水的产生和供应业、社会服务业、建筑业和房地产业、交通运输、采掘业、批发和零售贸易、餐饮业。

一、什么产业最具赚钱潜力

在经济全球化愈演愈烈的21世纪，在中国加入世界贸易组织的背景下，要准确地找到新世纪最具赚钱的产业，就必须考察当今世界上竞争力最强、发展潜力最大、投资回报率最高的企业都处于哪些产业。而最简捷的办法，就是密切关注世界500强的发展倾向。最赚钱的跨国公司都已来到了中国，他们能来中国找钱，我们也能试着透过全球500强的动向，找出最赚钱的产业。无疑，新世纪世界上所有产业中最抢眼的就是IT产业。信息技术产业在最赚钱的产业中排首位。在未来几年，信息技术会席卷全球，在500强中以摩托罗拉、爱立信、诺基亚、索尼等代表的IT企业业绩骄人，国内发展较快的企业，如联想、海尔等，也给人以想象的空间，而且风靡中国的风险投资、创业投资大多数都发生在IT产业。要问21世纪的支柱技术，很多人都能列举出信息技术、生物技术、新材料与新能源技术等等。未来最赚钱的产业就将出现在以这些技术为代表的相关产业中。

二、用什么来衡量赚钱产业

无疑,以几大支柱技术为代表的高科技是最具有赚钱潜力的,但我们也应看到暗藏的陷阱。许多产业虽前景看好,但很多技术有待完善,或技术被垄断、或还没有进入到实质性赚钱的阶段,这些都造成风险极高而投入极大的两难选择。就像被誉为"改变整个世界"的生物产业,它的前景无法比拟,但技术没有成熟到大丰收的阶段。当然也有成熟的,像航空航天制造业、橡胶和塑料业、计算机与软办公用品及科技设备业等,架构比较完善,技术也日臻成熟,赚钱的空间十分广阔。

从世界500强所处产业可以看出,500强衡量赚钱产业的重要指标就是市场需求量。像一些本来不是很发达的传统产业,随着社会需求量迅速增加,进入500强的企业在增加。例如:出版与印刷、建筑与玻璃,等等,就是说这些产业仍有钱赚。这也说明,赚钱的产业不是卖概念,而是看重实际成效。这就是为什么一些属于高科技产业或社会需求较大的产业,如汽车与零件、电子和电器设备等能赚大钱的原因。一些老传统产业,如食品与饮料,因社会需求始终很大,尽管因产业结构调整而进入500强的企业数目有所减少,但减幅不大。

这都说明了社会需求量大的产业是极具赚钱的产业。

三、最赚钱产业的变迁

要寻找最赚钱的产业，就要看看这些产业有什么变化的规律。从世界500强排行榜中，我们发现排名提前的产业主要有化学工业及化妆品、电子和电器设备、制药和航空及航天制造业、建筑与玻璃、出版与印刷、汽车及零件、计算机与软件办公用品及科技设备业；而排名落后的产业主要有石油提炼、冶炼、金属制品、采矿与原油生产等；变化不大的产业，如食品与饮料、烟草等。这说明一些资源开发型产业一方面因大规模的开发而日益枯竭，另一方面，在科技进步的推动下，资源的利用效率提高，绝对需求量降低，导致相关产业萎缩，这些曾经名列赚钱产业榜首的企业，已逐渐让出了位置。另外，一些对人类健康有害的产业如烟草，虽然这些产业能赚钱是大家承认了的，但在500强中数量在减少。这表明，赚钱产业在变迁遵循着世界经济发展和技术进步的轨迹和方向。

四、现实中最赚钱的产业

各产业进入世界500强的企业数量的多少，体现了产业赚钱的状况，可以说，该产业就是现实中最赚钱的产业。占据世界500强的企业总数前三位的企业都是第三产业，分别是商业银行和储蓄机构、批发零售业、保险业。如：最新世界500强中，有银行63家，是43个产业中入选最多的产业。零售大王——沃尔玛以惊人的业绩和跨国保险公司挥师中国，就从侧面证明了这3个产业在目前最赚钱的产业中名列前茅，成为大企业发展与角逐的重要领域。

五、赚钱最多的产业

让我们再来看看这些企业中赚钱最多的是哪些产业。全球500强中销售利润率高的产业是制药、烟草、综合金融与债券、计算机与软件办公用品及科技设备、通讯与邮政、食品与饮料。值得注意的是，这几个产业都是美欧的天下。其次，是化学工业及化妆品、航天航空制造业、采矿与原油生产、保险、娱乐与酒店、石油提炼、工农业设备、电气煤气和能源、商业银行和储蓄机构、出版和印刷、批发和零售、航空铁路和海运等等。

六、最赚钱具有相对性

然而中国最赚钱的产业在国外不一定是最赚钱的，最赚钱的产业也是相对的。它与经济发展、市场因素、技术因素甚至社会文化因素等密切相关。衡量最赚钱的产业的标准每个人的选择肯定不一样，许多产业都极具赚钱的潜力，如IT产业，但你不一定能进入。对企业来说，要看料做菜，依据的是自己的实力，能让你展开手脚的实业就是最赚钱的实业，看起来赚钱的产业不一定是你真正的赚钱产业。

但请记住：知识经济已不期而至，财富产生的方式将改变，赚钱的手法也不同寻常，新世纪最赚钱的产业将发生无法意料的变化。

第一章
进城挣钱　你准备好了吗

一、知己知彼　自我评估

一切从实际出发，是进城求职择业的出发点。而正确地认识自我，是确定职业理想的重要一环，是谋职择业成功的基本要素。只有对自己的实力、兴趣、技能有一个正确的估计后，才能迈出成功的步伐。

初次进城求职择业者和重新谋职择业者，在估计自我时，所进行的步骤和内容有所不同。

（一）估计自我的步骤和内容

1. 第一步：基本人格状况

（1）人生理想　理想是生活的路标，即解决“人活着为什么”的问题。你活着为什么？为事业？为名誉？为金钱？为权势？为社会？为家庭？为个人？为奉献？为奋斗？为享受？……

（2）气质和性格　气质是一种典型而稳定的个性心理特征。气质是性格的基础和前提，人的气质类型总会体现在性格结构里，性格体现人对现实的态度体系。你是何种气质和性格的人？是精力充沛、情感语言发生强烈、迅速而难以控制的胆汁质型？是活泼好动、情感发生迅速而不持久、动作敏捷的多血质型？是安静沉着、情感发生慢和持久而不显露、动作迟缓而不大灵活的黏液质型？是敏感、怯弱、体验丰富而内向、动作缓慢而无力的抑郁质型，是以上两种或两种以上类型混合而成的某一种综合型？

你是认真负责、活泼热情、沉着冷静、勇敢爽朗、机智敏捷、刚毅实干、镇定自信、温柔细致……还是玩世不恭、呆板无情、冒失鲁莽、怯弱动摇、顽固拖拉、多虑轻浮、急躁自卑、暴烈粗心……

(3)道德品质　道德品质是一个人最重要的内在要素。它直接关系到人际交往、求职择业和事业、人生的成败与否。你有哪些优良品质？如主人翁感、热爱人民、爱国心、自我牺牲精神、利人主义、助人为乐、正直诚实……你有哪些不良品质？如个人主义、自私自利、吹牛拍马、欺下媚上、不诚实、不积极、不负责任……

(4)兴趣爱好　兴趣是爱好的推动者，爱好是兴趣的实行者。你有哪些兴趣爱好？比如：读书、下棋、钓鱼、打球、看电影、跑步、摄影、舞蹈、音乐、美术、书法、游泳、种花、美食、养鸟、写作、经商、信息……

(5)能力　能力是一个人最重要的内在要素之一，能力保证求职择业以及事业的成功。能力包容的内容有很多，主要有两个方面:一是思维能力;二是工作能力。思维能力的内容有:思维的独立性、思维的抽象性、思维的敏锐性、思维的广阔性、思维的批判性、思维的创造性。工作能力的内容有:说话能力、交际能力、写作能力、计算能力、学习能力、劳动能力、专业能力等。

2. 第二步:选择方向

在了解自己基本状况的基础上,确定你选择的方向,内容主要有:

(1)地区　你喜欢在本地区工作,还是在外地区工作?喜欢在城市工作还是在乡镇工作?喜欢在山区工作还是在平原工作?喜欢在沿海地区工作还是在内陆地区工作?喜欢在富饶地区工作还是在贫困地区工作?……

(2)领域　你喜欢哪一领域工作:党务、行政、工业、农业、军事、商业、金融业、体育业、文艺业、教育、科研、服务业、卫生业?……

(3)单位　你喜欢在国有单位、集体单位还是外资单位、私营单位工作?喜欢在大单位还是在小单位工作?……

(4)职业　会计、秘书、公关人员、记者、编辑、司机、电工、木工、售货员、列车员?……

(二)进城谋业的步骤和内容

1. 主要成绩

(1)列出你最早期的成绩,哪怕是微不足道的成绩。

(2)写清你做过些什么,成绩如何。每项成绩既要有定性分析,又要有定量分析。如定性分析:巨大、重大、很大、较大……;如定量分析:完成了多少、发明了多少、实施了多少、减少了多少……

2. 主次有别

(1)根据你自豪和感兴趣的程度,在所列出的成绩单旁的空白处标出次序。如1、2、3……

(2)参照你成绩单上名列前茅的各项,列出一个预备清单,写下你想干的,又容易出成绩的工作类别。

(3)优先考虑项目清单　根据你的想象和意愿,书面回答下列问题:

我愿意继续留在我所在的领域吗?

我有能力干别的工作吗?

我的眼前目标和长远打算是什么?

我喜欢大单位还是小单位?

我最喜欢什么工作?

薪水、头衔对我来说有多重要?

我的家人希望我干什么?

我喜欢哪种所有制的单位?

我喜欢哪些领域的工作?

我喜欢我的工作单位在什么地方?……

(4)按次序排列的成绩清单和对优先考虑项目的回答,勾勒出一个大概的框架——你是个什么样的人,你喜欢什么,你想去哪儿。仔细研究这些项目,找出你最满意的职业。

此刻,就是你的黄金时刻,你的转折点,你的好机会,你应该在三叉路口选择正确的择业道路。

二、选择工作男女有别

万物有雌雄,人类分男女,这是自然的造化。

无疑,男女有分别。这种生理和心理上的差别对择业有一定的影响。如果能在求职择业中发挥性别的优势和长处,避开性别的劣势和短处,无论男女,同样都会获得成功。

首先,从生理上来说,男子的体格比较健壮、有力;女子的体格相对较弱小。因此,男子应当选择一些劳动强度较大的职业,比如:矿工、勘探、海员、运输等方面的职业。而女子应当选择些劳动强度较小的职业,比如:秘书、售货员、列车员、服务员、银行职员等方面的职业。

其次,从生理所决定的家庭职责来说,男子可以选择一些比较多地离开家庭的职业,如:远洋船员、火车、汽车司机、飞行员、推销员、采购员等等工作。女子可选择一些不常离开家庭的职业,如:教师、行政办事员、医生、护士、会计、服务员等工作。

第三,心理上的差别。男子一般性格粗犷、豪放、刚毅、果断、坚定。因此,可以选择粗放型的产业和职业。比如:企业、军事、政治、交通运输、冶金、建筑、地质勘探等方面。女子一般性格温柔、多思、沉静。因此,可以选择细致型的产业和职业,比如:教师、秘书、职员、会计、公关、金融业、服务业、社会福利部门、医疗卫生业、文学艺术业等方面。

第四,男女在思维倾向上也有差异。男子一般优于抽象思维,具有思维的严谨性、逻辑性、广阔性、深刻性、整体性。因此,男子可以选择一些适宜于抽象思维的工作。比如:理论研究、情报分析等等。女子一般优于形象思维,具有思维的敏捷性、活跃性、细致性、激情性。因此,女子可以选择一些适宜于形象思维的工作。如:文学、美术、艺术、设计、公关、幼儿教育、新闻、社会团体工作等。

第五,男女在语言能力方面也有些差异。男子一般声带较粗,因此可以选择一些说话不多或者声音较大的职业。如:司机、飞行员、海员、矿工、冶炼工人、建筑工人、机床工人、伐木工人、铁道工人等。女子音带柔软,因此可以选择一些说话较多或声音不大的职业。如:服务员、列车员、公关人员、秘书、银行职员、教师、翻译人员、电话员、护士、邮政员等等。

事实上,在社会每一个领域中,都有卓有成就的男性和才华出众的女性,巾帼英雄更是不断地涌现。在中国历史上,黄道婆、李清照、武则天、蔡文姬、秋瑾、穆桂英、向警予、赵一曼、宋庆龄等优秀的女性，以自己的才华在各行各业中为社会文明的发展作出了重大贡献。

三、真金还需火来炼

初次求职择业者，总是把握不住自己，在众多的职业名单上眼花缭乱，左挑右拣，总不知道自己该干什么好。不是怀疑自己能否干好，就是顾虑所选职业能否有利于自己的发展。于是，在这种犹豫徘徊中，一次又一次地丧失良机。

如何从这种我自怀疑、顾虑重重、犹豫徘徊、消极等待的困境中摆脱出来呢?

方法可以有万千条，但千万条不如一句话："立即行动。"

德国诗人歌德说得好："无论你能做什么，或是希望能够做什么，动手去做莫迟疑。"这的确是至理名言。

朋友，只有行动，才能检验你求职的能力。无论你怎么看待自己，是有求职能力还是没有求职的能力，通过行动，它将予以证明。

有一位年轻的自费女留学生，在日本留学期间去求职。开始她总担心自己从来没有求过职，不知行不行。但是经济的压力迫使她不得不接受考验。有一次她托朋友找工作，恰好有一家西餐馆要人。当时，说好某天下午去见经理。当她赶到这家西餐馆时，却吃了个闭门羹。原来是朋友把日子搞错了，害得她迟到了一天，经理认为中国姑娘不守信用，不愿见她。这时，她既尴尬又犹豫。怎么办，回去吗？看来还是不行，正当她准备往回走时，又转而一想，为什么不再试试？于是，她径直闯进了经理室。经理见她不请自入，有点生气，但又见她这么大胆，心里也有些好奇。他出于对女性的礼貌，勉强请她坐下。她鼓起勇气说："用不用我由你来决定，但必须把话说清楚，这涉及到我做人的信用问题。"于是，她一五一十把原委讲明。听完她的申诉，经理十分赏识她的大胆行为，当场决定录用她。

当然并不是谁都会有这位女留学生的"幸运"。然而失败了也不要紧，"失败是成功之母"，经过行动，可以发现你的弱点，从而在下一次行动中增添你成功的基数。

朋友，也只有行动，才能检验你的工作能力，最终找到理想的职业。无论你怎样认识自己，适合哪些职业，或是不适合哪些职业，都不应该停留在想象中，停留在选择和计划中，而应该积极行动。成功者总是果断地行动，向着自己的目标勇敢的攀登；而等待、犹豫、徘徊只能使一个人的斗志消沉。清朝文人钱泳有文《要做就做》，文中引了一首人们熟悉的《明日歌》：

"明日复明日，明日何其多。我生待明日，万事成蹉跎。世人若被明日累，春去秋来老将至。朝看水东流，暮看日西坠。百年明日能几何，请君听我明日歌。”

这首民谣不正是足以让那些等候、犹豫、徘徊的人们引以为戒的吗？

是的，朋友，行动吧。你是一个什么样的人？通过行动将告诉你；你能够胜任这个职业吗？通过行动将回答你；你的理想职业是什么？通过行动将给你指明。

或许你的行动不顺利，在工作中遇到了困难和挫折。这时你千万不要灰心消沉、退缩不前，而应该重新振作起来，再一次从起点开始。只要这个工作对你来说是适合的，剩下的就是如何不畏艰难，勇敢向前的问题。俗话说：“自古英雄多磨难。”它告诉人们，只有经历了社会实践的严峻考验，才能具备超人的才智，获得成功。而困难和挫折是激发人的潜能的杠杆。

或许你尝试了几个职业都不如意，这也不要紧。只有通过行动，方能真正找到自己的理想职业。在实际生活中，在社会历史中，许多成功者不都是几经多种职业，才找到自己理想的职业吗？

文艺复兴时期著名的小说家薄伽丘，曾经当过多次的商人，又任过佛罗伦萨大学的讲师，但最后他终于在文学职业上发挥了自己的才华。

法国著名的启蒙思想家卢梭出生于瑞士日内瓦一个钟表

匠家庭，他做过学徒、仆役、秘书、家庭教师、乐谱抄写员，后来他在应招巴黎科学院的论文《论科学和艺术是否败坏或增进道德》的写作中，发掘出自己的才能，从此开始了一个思想家著书立说的人生。

俄国著名作家高尔基早年也当过学徒、搬运工、守夜人、面包师等，但他努力学习，不断拼搏，终于成了一位著名的无产阶级作家。

我国著名文学家鲁迅也曾经把医生做为其理想的职业。但是，在日本学习期间，他发现当医生只能医治人的肉体，而当文学家则可以治人精神，为使中华崛起，治人的精神比治人的肉体更重要，因此他正确地选择了文学家的道路。

朋友，行动是要有一点冒险精神的。没有冒险精神，体会不到冒险本身对生活的意义，就享受不到成功的乐趣。试试，不妨试试，成功就在其间。

四、张扬你的个性

不同的职业有不同的特点，不同的人有不同的个性；不同的特点的职业需要不同的个性的人，不同个性的人适合于不同的职业。譬如：做一个职业军人，需要刚毅、顽强、冷静的个性；当一名会计，需要细心、耐心、安静的个性；一个企业家，需要粗中有细、坚韧不拔、勇于开拓的个性；一个领导者，需要大度、热情、洒脱、叱咤风云的个性……

个性就是一个人的特点和外表的总和，也就是你和其他人不同的地方。穿着、表情、声调、性格、思想、品德等等，就构成了一个人的个性。

个性中最重要的一部分，就是品格所代表的一部分。个性既有先天的基础，又有后天的造就。但由生理素质决定的气质、性格则具有相当的稳定性，后天的改造只是其外表。其深层素质往往改变不大。比如：一个气质粗犷、暴烈的人，经过改造，可以改变他的表现程度和表现方式，但不可能使他的原有气质完全消除，成为一个细腻、温柔的人。

正因为如此，认识自己的个性，在求职择业中，必须按照自己的个性仔细琢磨，权衡利弊，争取获得最佳选择。

一个真正适合于你的职业，也就是一个真正适合你的气质、性格、才智、体力和品格的职业。换句话说，也就是当你走上工作岗位之后，能够很快地迈得开、走得动、有兴趣、有热情，很好地发挥出自己的聪明才智，有信心克服前进中的种种困难，达到事业的成功。

有一年春节，笔者与几个十几年未见的老同学欢聚一堂，海阔天空，各抒衷肠。在叙谈中，谈到各自十几年来的进展，也扯到了其他同学的状况。其中谈到班上的两个高材生，如今却很不得志，不仅为此惋惜。分析起来，其中的一个重要原因，就是他俩的个性与他们所做的工作不适应。一个同学是个性耿直、性格内向、固执己见的人，大学毕业后分配到基层工作。在工作中,他坚持己见,往往当面顶撞上司,难得和人们交往,因此十年中,他在基层被调来调去,难以升迁。假如他不去当干部,而是做一名科研人员,很可能会取得较大的成就。另一个同学是位活泼好动、爱说爱笑的女生,高中毕业后到一个机关做档案工作。有时闷得发慌,到其他科室找人聊天,多次被领导批评,她不安心工作,屡屡要求调动,但领导就是不允,结果也一事无成。本来她做团队工作或在文艺界发展,都是有很好前途的。

从上例中可以看到,某人对某种工作不感兴趣、没有积极性,倒不是由于对某种工作缺乏应有的才能,而往往是由于某种工作不适合他的个性。现代心理学家的研究结果表明:一个人事业的成功失败,在很大程度上是取决于其是否适应个性的发展。

一个外国学者把一些工科学生的个性、学习成绩、智慧与毕业五年后的收入做了比较,发现个性和事业成功有密切的关系。事业成功与个性的关系是0.50,与智慧的关系是0.18,与学业成绩的关系是0.32。他以个性适合与否为标准,把工科毕业生分为上、中、下三等。调查结果表明,上等毕业生平均收入为3 000美元,下等毕业生为2 076美元,相差几乎1 000美元。

实际生活中许多名人的生活经历也表明,他们开始不如意,正是因为他们的个性与职业不相适合;他们后来获得成功，也在很大程度上是由于他们的个性适合于后来的工作。许多人一定还记得数学家陈景润的成功经历吧。陈景润是一个很有数学天才的人，可是他个性内向、沉默寡言、好思爱钻。这样一个人开始却偏偏让他去中学当一名数学教师。教师这一职业，要求性格外向、思路敏捷、善于言谈、长于诱导，这显然与他的个性相矛盾，因而使他无法施展自己的才华，做不出成绩来。后来，伯乐相中千里马，文王慧眼识能人。他被调到中国科学院数学研究所，开始了他的数学研究工作，由于这一职业与他个性相适合，因而如鱼得水，如虎入山，对数学难题哥德巴赫猜想，做出了举世瞩目的贡献。

前苏联现代作家连卡·班台莱耶夫，小时是流浪儿，当过小偷，曾被送入少年教养院和思妥耶夫斯基社会劳教学校教养过。以后，他当过电影放映员，做过皮鞋匠和图书馆管理员。他生性活泼好动，爱写爱想。在当图书馆管理员时，一闲下来，就边想边写。当他在报刊上发表了第一篇小品文时，他发觉自己有能力成为一个作家。于是，他不仅继续在报刊上发表些特写和小品文，而且开始了长篇小说的写作。当他那部《以陀思妥耶夫斯基命名的劳教共和国》长篇小说处女作出版后，他走上了作家的行列，发挥了他的才能，成为一位颇负盛名的作家。

朋友，为了使自己的人生少走一些弯路，当你面临着求职择业的重大选择时，不妨参考以下几点试试。

(1)了解各种职业的特点，以及这些职业对人们某些个性的要求。

(2)确定自己的个性特点，是内向型还是外向型？是爽朗直率、敢于冒险、善于交际、当机立断、粗鲁莽撞、急躁冒进，还是行事谨慎、思考周密、不善交际、优柔寡断？

(3)在了解职业特点和确定自己个性特点后，排列出自己个性适合的职业，然后根据现实可能，做出基本选择。

(4)在考虑基本选择时，应注意扬长避短，以求最佳方案。

扬长避短是走向成功的重要一环。抑长趋短必将走向失败。

著名物理学家肖克莱的经历是应引以为戒的。肖克莱曾经与巴丁、布拉顿一起发明了世界上第一只晶体管，并因此获得了诺贝尔奖。后来他放弃科研而去办企业，准备在经营晶体管产品中发财致富。然而，肖克莱个性特点适于搞科研，也有科研的杰出才能，但是却不适应于企业的经营。他不会做生意，对于企业如何嫌钱，如何与对手竞争，如何与同事们一起商量，他都一窍不通。企业没办几年，入不敷出渐渐难以支撑，只好宣布破产，肖克莱苦心经营的企业，终于以失败而告终。

五、成功者所具备的素质

很多人都认为，成功者主要是由事业的成功和婚姻的美满两方面构成的。

追求事业的成功是每一个有志者梦寐以求的理想。虽然，我们可以说，成功者都是幸运的。但是，你可知道成功者之所以是成功者，不仅仅是因为他们是幸运者，而且还因为他们有着成功者必备的素质和特征。

你不是念念不忘成为一个成功者吗？那么，请你不妨对照一下，你具备哪些成功者的要素。

据有关研究资料显示，一个成功者大致具备以下几方面的素质和特征：

（一）良好的人际关系

一个人的能力和信息是有限的，任何一个人，没有他人的支持和帮助，很难获得成功。毛泽东同志就说过："一个好汉三个帮。"俗话也有说："红花还需绿叶扶。"因此，成功者之所以成功，不仅在于自我努力，还在于众人的扶助，而要得到人们的支持和帮助，良好的人际关系很有必要。

成功者一般都十分合群，善于交际，因此，许多好机会都会源源不断地沿着这些人际关系网络而来；当他有困难之际，就会从四面八方伸出援助之手。一个人的关系越多、越好，就越有可能从朋友、熟人、朋友的朋友、熟人的熟人甚至陌生人那里获得千载难逢的信息和良机，得到雪中送炭般的支持和帮助。

化学家维勒谦虚好学、诚实待人，交了许多朋友。他感到自己缺少一位名师指点，于是四处物色师傅。朋友们知道后，热情指点，带他拜见了著名化学家柏济力阿斯。拜师后，师生关系十分融洽，柏济力阿斯倾力指导，并将自己的实验室分给维勒一半。后来，维勒发现了铝、铍元素，也成为著名的化学家。

（二）有微妙的预感

“预感”听起来似是而非，似乎很神秘。其实，“预感”并不是神秘的东西，心理学家认为：“它是完全以实际资料为依据的。”人们在实际生活中，丰富的经历和经验，经过思考和整理之后，不断地蓄藏在大脑的庞大资料库中，一旦需要，它就会从意识层或潜意识层里自动地浮现出来，产生一种预感或直觉。当人们面临某种机遇或危险时，这种预感或直觉就会提前预示出来，及时地给人们提供判断决策的依据，帮助人们不失时机地抓住机遇或者避过危险。成功者往往有较强的“预感”，从而成为他们避免失败的预警器，成为他们获得成功的指示器。

(三)按照客观规律办事

万事万物都有其内在的不以人的意志为转移的客观规律。人们只有认识和顺从这种客观规律,才能获得成功,反之,就必然在客观规律面前碰得头破血流。《孟子·公孙丑》有个“揠苗助长”的寓言,说:一个农民嫌禾苗长得太慢,就一棵一棵地拔起一点。他回到家里高兴地告诉儿子说,他通过拔苗之法,使禾苗长高了许多,很快就有收成了。儿子听了,跑到田里一看禾苗全都枯死了。这个寓言告诉人们,违反事物的客观发展规律,必将把事情弄糟。而成功者之所以能成功,就在于他们尊重客观规律,老老实实地按客观规律办事。

(四)富于冒险精神

人对事物的认识都有一个过程,是坐等别人去实践,把事物的客观规律认识了,自己才接受过来,稳稳当当地过日子,还是勇于探索,在实践中去冒险,去揭示事物的规律,去追求成功?实践证明,成功者必须具有勇于实践,敢冒风险的精神,具有过人的胆略,从而开拓创新。

(五)能随机应变

客观事物的发展不仅有必然性,还有偶然性。人生的道路之所以是曲折的,就在于人生的道路总是充满着偶发的困难,要顺利地跨过人生的种种险阻,就需要我们不仅有勇气,还需要机智,能够在偶发的事变中随机应变。成功者都会在形势不妙时及时改弦易辙，悬崖勒马，绝不会干鸡蛋碰石头的傻事。

(六)情绪饱满，生机勃勃

一切活动皆随情绪而转移，情绪就像机械做工的能源一样，是人活动的原动力之一。情绪饱满的人必然生机勃勃，充满活力，头脑机敏，活动效率高，迎着困难上，力争取得成功。

情绪饱满、生机勃勃的前提有三：一是正确的人生态度，热爱人生，具有乐观主义精神；二是热爱工作，对工作满腔热忱；三是身体健康。正如列宁所说的：身体是革命的本钱。没有健康的身体，就很难做到情绪饱满，生机勃勃。不难想象，像林妹妹那样的人，怎么能够做到这一点。

朋友，通过对照，请有则发扬，无则培养，如果这样的话你就具备了一个成功者的基本素质！

六、创业成功者经验谈

创业亦是成人成事的一种，白手兴家、一无所有地创立一个自己的事业。若本身未臻成熟，意志欠坚定，思虑欠周详，目光欠远大，自亦无从成功创立事业。故此，成人与成事有着此立即彼立的因果关系。

笔者曾主持一个名为"做生意"的座谈会，与会者皆是香港年轻有为的新一代，年龄在25～40岁。其中大部分是打工一族,另一小部分则为老板,而又以创业者占绝大多数。如此组合的一个座谈会,话题自然集中在创业的课题上。打工者极具第一手的创业心得,因是来自同辈人士,更见亲切和具参考价值;年轻的创业者亦高兴有机会抒发心中感受,并与其他创业者交流心得,彼此和应。座谈会内容大致可总结为以下几点:

(一)远大的目光与明确的原则同样重要

急功近利是创业的致命伤。事业初生之时,为了生存,当然要出尽法宝争取收入,但切忌失去了长远的目标,以致只有今天,没有明天。创业不仅是无中生有,还要不断建设累积,以一块一块砖石砌出一幢大厦来。况且,创业生涯总是苦多于甜,逆多于顺,支持创业者坚守下去的,便是梦想和原则。

(二)不熟不做

创业者大概可分为两种,在过去打工的基础上创业或是另辟蹊径。前者在本行中创立新事业,后者在新的行业中兴家,乍看不同,本质却是一样,两者的共同点是做足预备功夫——搜集资料,多方调查,不耻下问。在本行中创业,自然具备先天的优势;如若机缘巧合,只要做足功课,在新行业立足也是可行的。

（三）建立网络

所谓网络，主要是人事关系。俗活说“在家靠父母，出门靠朋友”，做生意不可以没有朋友。朋友多，生意自然好做，特别是在创业阶段。客路、货源、情报、运输、资金，全离不开人事网络，而网络的基础则是真诚，以真诚建立商誉。

（四）生存空间

创业的关键之一，便是找一个立足之地，找一个市场的空间，进而扩大这个空间。而生存空间的扩展，实在与知道你有用的人数成正比，亦所谓口碑、宣传及推广。

（五）创造本身的条件

基本上，前述四点都是条件，在此特别强调资源。有道是：三军未动，粮草先行。若要创业，必须具备两种资金：“谷种”和资本。前者是维持自己基本生存的储蓄，后者是公司创立及营运的资本。创业是一个全身心投入的活动，无后顾之忧是关键之一，若无隔宿之粮，势必影响工作能力。

（六）梦想和计划

创业不同打工，也不是“秘捞”。创业是全身心投入，人往前行，眼观四面，耳听八方。倘若没有一个燃烧的梦想或把你紧抓的梦想不宜轻谈创业。创业虽不至破釜沉舟，但也相去不远。然而，只是一腔热情，满眼星星地做梦还不够，创业不能单靠勇气，亦要诉诸理智。为此，事前的周密计划是不可或缺的一步，可视为“梦想的稽核”。

笔者多年从事美国及亚洲地区的集资活动，较多机会参与创业性投资，故比较了解创业者的甘苦及成败的原因。以过去的经验及了解印证于座谈会中青年创业家们的体验，竟是人同此心，心同此理，中外相通。

所谓创业，离不开成人及成事，而两者之中，又以成人重于成事。换言之，先成人，后成事。不论如何创业，关键因素仍是创业家本身的修养，尤以韧力或意志力为主。人能撑下去，事业便能撑下去；一个企业失败，还可再创一个企业。基本仍在“成人”，关键则在辨志、明志和立志。

七、进城打工过好“四关”

民工们到城市里打工，困难是相当多的。当民工被录用后，要有克服困难的勇气和毅力。具体地说，要过“四关”。

（一）过好语言关

由于中国幅员广大，各地方言极为复杂。往往一个工厂所招聘的工人中，有讲客家话的，有讲潮州话的，有讲海南话的，有讲湖南话的，有讲福建话的，有讲四川话的……这么多的语种，土语、方言给人们彼此的交流、协调行动带来了很大的不便。因此，必须有一种共同的语言，这就是普通话。

虽然现在的农村青年一般都有初中乃至高中的文化水平，在学校时都或多或少地受过普通话的训练，基本上能够听和讲普通话。但是不少民工总不习惯讲普通话、听普通话，觉得很别扭，这样一来便造成一种不良倾向：说湖南话的人走在一起，讲潮洲话的人走在一起，操客家话的人走在一起……极大地影响了民工内部的团结。久而久之，便会产生小团体倾向，无形中会生出许多是非来。因此，民工们先要过好语言关。

（二）过好纪律关

民工都来自农村，长期从事农业生产，农业生产与工业生产对人们的要求有很大不同。农业生产的季节性很强，但每一天的劳动时间却有很大的弹性，紧张时一天可干十五六个小时，如家里有事不能脱身，也可停工一天。特别是实行联产承包责任制以后，开工收工更是由农民个人自由掌握。但是，工业生产就没有那么自由了，一天三班，每班 8 个小时，你乐意干也得干，不乐意干也得干，而且上班不能迟到，下班不能早退。这对于在农村散漫惯了的民工，不能不说是一个很大的难关。

在纪律关面前，有人对自己要求很严，很快适应了工作纪律，有人要求不严，经常违犯厂规。有人忍无可忍，只好回老家去了。据我们了解，因为不能适应工厂中的严格的纪律而打道回府的民工的数目也是相当可观的。

（三）过好劳动关

农业劳动与工业劳动，特别是与现代化的工业劳动有显著差别。农业劳动比较多样化，特别是家庭承包后，一家人从犁田、耙田开始，播种、育秧、插秧、田间管理、除草、施肥、灭虫、放水、排水、收割、脱粒、晒谷、选种到入库为止，样样都得干，由于工种的不断变化，使人不断得到精神上和身体上的调整，人相对说来不会感到那么单调和疲劳。

但是，工业生产就不同了，特别是在合资厂里工作，每个人都有明确的分工。在生产线上，一个人一天到晚就是那几个简单的动作，天长日久，便会产生厌倦的情绪。如何战胜这种情绪，是刚进厂的民工的另一难关，也有不少人由于厌倦这种单调的工作而半途而废。

（四）过好人际关系关

人要生存与发展，必须善于与周围的人们和睦相处，也就是说，必须有一个良好的人际关系。这一点对由农村出来做工的青年人尤为重要。

在农村，小农生产，自己对自己负责，一般没有谁来给你下达非执行不可的命令，但是到了工厂就不一样了。工人必须听班长、车间主任、乃至厂长的命令，叫你怎么干，你就怎么干，没有多少回旋的余地，必须服从管理。这样一来便时时会发生矛盾：有时管理人员的态度粗暴、方法不对、语气生硬，这是在所难免的，如果民工能主动调试自己的心理，视之为工作所需要，那还好说，否则，便会认为自己受欺侮。这样一来，心有成见，情绪低落，关系紧张。如果在家时是娇生惯养的人，则更受不得这份气，往往甩手不干。

综上所述，我们认为，农民进城打工，还真的不那么容易的呢！要改变许多自己原有的习惯和观念，使自己迅速的适应新的环境、新的工作。千万不能半途而废！

八、进城当保姆做好九件事

近些年来，不少农村姑娘进城当保姆，为城市里的很多居民解决了后顾之忧。刚到城市，由于人文环境、风俗人情的改变，使她们对一切都感到陌生、新鲜好奇，心理上难免产生畏惧感，这容易给她本人和雇佣她的家庭导致种种矛盾，产生各种隔阂，怎样解决这些矛盾呢？本文特提出作好保姆的十条原则。

（一）保姆工作是不可缺少的

小保姆不要自卑，你们的工作是社会不可缺少、正大光明的，是和干部、职工、教师等其他人的工作一样平等的。如果你们的工作是可有可无的话，就不会有人来请你们了。因此，小保姆要挺起胸膛做人。

(二)由家政服务职业介绍所推荐最好

各个城市的妇联都设有家政服务职业介绍所。想到城里当保姆的农村女孩最好走这条路,因为它是国家政府的一个部门,它推荐时会考虑双方的情况,而且对双方负责。日后有了纠纷,也有个仲裁机构。

(三)对主人必须事先有所了解

很多保姆找工作考虑的中心问题是工资及待遇,这固然可以理解,但是钱多的人家并不一定就好,钱少的人家也不一定就是差。保姆工作是要天天跟主人家打交道的,如果这家人对你不好,那么,你拿多少钱心里都不会快乐的。所谓好人家:第一,家里的主人都有正当职业;第二,家庭文化水平较高;第三,家里住房条件比较好;第四,家里人的脾气、性格都不错。如果保姆去了一个充满火药味的家,那就糟了,当家庭火山爆发时,保姆往往夹在中间受气,成了出气筒,所以,事先要对主人的家庭情况有一个较全面的了解。

(四)第一次见面的时候要把自己的想法说清楚

在未正式开工之前,往往由介绍人陪同面见未来的主人,以便双方互相进一步的了解。这时,你应该带好身份证、体检说明书,由于城里的人特别是有小孩的人家,对保姆的身体状况很为关心,所以,你应持一份医院体检的健康证明,使主人放心。

在第一次见面时，主人提的问题多半是你的家庭情况、文化情况、健康情况、保姆经验等问题，都比较好回答。然后，主人会告诉你，你的主要工作、工资等等。

轮到你讲话时，你应该如实地讲自己的想法，不要不好意思。比如：你希望工资以后能有所增加，你希望每个周日能有半天休息时间，你希望过年回家时由主人买车船票，你希望能允许你阅读家中的藏书等等。这些事情双方事先谈清楚了，达成一致，以后就会少发生纠纷。

（五）最好先试干一个月

你虽然是保姆，但是住进一户非亲非故的人家，双方能不能互相适应，还很难说。即使一见面主人就很满意你，你也应该婉转地说先试用一个月比较好。这个月的工资即使少要一些，但你却有主动权。在一个月中，如发现这户人家不合你的心意，就可以抽身退步。

（六）责任心要强

在别人家里做保姆，不论是带小孩还是做家务，责任心要强。现在不少人反映，主人对保姆不错，但保姆却没什么责任心。带孩子，孩子经常出事故；煮饭，经常到点了开不了饭；去买菜，又没有记账，经常账目混乱。还有人不辞而别。主人有很大意见。

(七)未经主人允许不要领自己的亲友到家来

现在发现有些保姆经常带自己的亲友到主人家里，主人对此非常反感。因为，现在社会很复杂，主人不希望经常有陌生人到家里来。

如果有亲友来访，最好在门外交谈，并且告诉自己的亲友，尽量不要来找。

(八)不要将主人家的情况告诉他人

保姆们经常集聚在一起交流各种信息，这时要注意，一是不要向他人介绍自己家主人的情况，二是不要说主人的闲话。如果你背后说了主人的坏话，传到主人耳里，主人便会对你很反感。

(九)要与家里的男主人保持距离

因为保姆一般都是女性，并且也较年轻，因此，要与家庭中的男主人及其他年龄相仿的男性保持一定距离，不可太接近或太热情，以免节外生枝。

如果发现家里的男主人图谋不轨，要提高警惕，有必要时应及时告诉女主人。特别是不要接受男主人的礼品或承诺，比如说，给你财物，答应给你在城里找工作等等，千万别上当，以免一失足成千古恨。

假如遭到男主人的非礼，就不应忍辱负重，而要诉诸法律。

九、学会保护自己的合法权益

在各种合资及个体企业工作的民工，必须学会用法律来保护自己的合法权益。

民工是我国劳动者的重要组成部分，他们对社会做出了自己独特的贡献。他们的合法权益应该而且必须受到社会法律的保护。实际上也是如此，我国颁布了一系列的法律、法规来保护工人的合法权益。

但是许多民工还没有明确认识到自己的权利。他们往往认为进城打工的目的就是挣钱，其他的东西则能忍则忍；或者遇到不合理的待遇而忍无可忍时，不是诉诸法律，而是诉诸暴力或其他非法手段。这些都是不可取的。

一般来说，新民工进厂时都会与厂方签订合同。合同中应该对双方的权利和义务有明确的规定。在签订合同时，民工们应仔细斟酌各款规定，有不明白的或有疑义的地方要及时提出。如果当时没有仔细阅读条款并弄清各条款的确实含义，或者没有得到双方的共同认可，就匆匆忙忙地签字，那么日后发生劳资纠纷时，就不太好说话了。所以，各位进城打工的民工兄弟，务必要重视劳动合同的签订。

应该说，很多合资企业和个人企业对待工人是不错的，但由于商品经济的两重性，少数的雇主们见利忘义，他们一心追逐的是利润，而置工人的合法权益于不顾。

据报纸披露，内地某家个体工厂厂主任意克扣工人的工资，延长工人的劳动时间，有时一天劳动时间竟长达15～16小时，且克扣加班费，工人们的生活条件十分恶劣，且工人的人格经常受到侮辱。此事见报后，社会舆论极为关注。厂主迫于形势才不得不向工人们赔礼道歉，补发克扣的工资及加班费，并保证此类事件不再发生。

又据报纸披露，某特区城市的一间合资工厂，对待民工合法权益没有给予尊重，劳动环境及生活环境比较恶劣，严重影响工人们的身心健康。工人们多次投诉无效后便投诉于报纸，报社记者经过仔细调查后予以披露，在社会上引起震动，才扭转了这些民工的处境。

这两个例子再次告诉我们，必须重视自身的合法权益。民工应该从下面几个方面检查一下，自己的权益是否得到尊重和保护。

第一，工资和加班费、奖金是否按合同规定如数如期发放。

第二，劳动时间是否被任意延长。有的个体或合资企业往往为赶任务，强迫工人们没完没了地加班，又不按规定如数发给加班费，使工人们负担过重。

第三，工厂是否用招聘童工的办法来排挤成年工人。国家法律规定是严禁招收童工的。

第四，工作环境是否安全、卫生。有的乡镇企业只顾赚钱，而不考虑安全。所以，恶性事故屡有发生。

第五，工人居住条件是否符合基本要求。国家对工人宿舍的每人空间有明确的规定。密度过大将影响工人的健康。

第六，劳动保护措施是否完善。比如：工人病、伤的处理方法，工厂遇有突发性的灾难时，工人利益的保障方法等等。

第七，节假日是否有保障。

第八，女工的权益是否得到特别的关照。国家颁布有保护妇女和儿童权益的法律，各种企事业单位都应执行，不能例外。

第九，健康的业余文化生活是工人的权利，工厂应该千方百计地创造这方面的条件。

第十，工人的人格是否得到尊重。在我们社会主义国家里，不论任何性质的企业都不能以任何借口打骂、体罚工人，或以其他方式侮辱工人的人格。

民工们如果发觉自己受到了不合理待遇，应当怎么办呢？

第一，应该向厂方如实提出，请有关部门予以关注，予以解决。要学会用协商的方法来解决各种矛盾。

第二，如果协商没有结果，应该诉诸法律。现在各地都有律师事务所，应该去征求律师们的意见，因为有许多问题的法律规定，工人们不可能都了解。我国正在走向一个法制的国家，我们必须学会用法律来保护自己。

第三，可以向报刊杂志投诉，引起社会舆论的重视，促使问题早日解决。

在这里特别应该提醒民工兄弟的是：当发觉自己受到不公正的待遇后，切忌凭意气用事，擅自采取报复措施，那样的话，不仅原来的问题没有解决，还会使你触犯刑法。广州市某个体户请了一个姓李的工人，李某认为雇主没有给足工资，多次与雇主争吵无效后，被解雇，于是他怀恨在心。有一天在雇主家门口引爆了一包炸药，幸好没伤及人员，但也触犯了法律，被逮捕法办。这样鲁莽行事的结果，是赔了夫人又折兵。

第二章
进城找工作的途径

一、根据自己的能力选择适合的工作

这里我们先探讨一下农村青年朋友的职业心态。现在多数农村青年的职业眼光不只盯在那几亩土地上，而是想方设法另辟就业途径，发家致富，或者就近就地投身到建筑业、乡镇企业、个体服务业等；或者走向城市打工，异地流动就业；或者进城从事个体商业、服务业，甚至走上白领阶层，充分地展示了农村青年的聪明才智和吃苦耐劳的品质。因此，在进城求职过程中，正确认识自我，把住自己的求职方向后，就容易找到合适的职业。

（一）正确认识自我是职业选择的关键

一个人在选择职业时，通常要根据自我认识，包括文化知识、职业技能和个性特征等，作出对自己的评价，然后再结合自己对职业的了解及社会提供的有关职业信息进行综合分析，权衡个人与职业的匹配，最终作出职业决策。对自己和社会职业状况了解越多，职业决策则越明智。

(二)正确认识自我是维持职业活动正常进行的动力

职业活动的正常进行需要一些动力来维持,这些动力有外界的因素,即客观因素,如经济收入、职业的社会地位、职业的福利待遇、职业权利等等。也有一些内在因素,即主观因素来维持职业活动的正常进行,如个人能力是否与职业活动的要求相匹配;职业观、职业意志、职业兴趣的变化与职业活动是否相适应;职业活动中成绩的反馈等,都与维持职业活动有密切联系。而这些主观因素都受人对自我制约的认识。因此,要想保证职业活动顺利进行,必须正确认识自我。

3. 正确认识自我直接影响着职业活动的成效

一个人只有自己的职业能力、职业兴趣、创造力等与自己从事的职业的要求基本一致,才能保证职业活动富有成效地顺利完成。而职业能力、职业兴趣及创造力必须靠正确的自我了解并不断培养才能形成。

二、正确掌握选择职业的技巧

(一)正确掌握职业选择的原则

不同的人在选择不同的职业时,因为有不同的价值观念,所以有不同标准和原则。但是有一些共同的原则需要遵循,才能作出恰当的选择。

1. 可行性原则

在选择职业时，应考虑社会的现实需要，考虑特定的历史条件和时代的要求。不能脱离社会需要的实际，一味从自我价值观出发，作出不切实际的选择，从而导致挫折和失意。应当看到，人具有能动性，能调整自己适应客观世界。表现在职业选择上就是职业选择的现实性和发展性原则。

2. 胜任原则

在职业选择中，应考虑自己的能力，包括学识水平、职业技能、身体素质以及个性特点等。是否符合职业要求，不能盲目攀比，这山望着那山高。不同的职业需要不同的能力，不同的人具有不同的能力特点，在把握职业要求的情况下，首先必须考虑自己是否胜任该项工作。

3. 兴趣原则

在考虑社会需求的前提下，在自己能够胜任的职业中，应当兼顾自己的兴趣爱好，因为兴趣对于某一项工作影响重大。只有对某一项职业产生兴趣，才会在工作中有所创造，从而在工作中展示和开发自己的才华。

4. 独立原则

一个人在一生中总会接受长辈和朋友的帮助和指点，特别是父母，总会对其有所期望。在进行职业选择时，接受他们的帮助和指点，可以借鉴他们的经验，开扩视野。但由于指导者自身的生活经历、知识水平的局限性和他们个人价值观的差异，其建议和意见不一定与实际情况相符，不一定符合自己的成长道路。因此，当我们认准了自己的道路和方向时，应当独立决断，追求自己选择的人生之路。

5. 特长原则

人与人之间既有共性又有个性。从能力类型来看，每个人各有所长，也各有所短，有的人适合做技术工作，有的人善于与人打交道，有的人适合经营，有的人善于管理。在选择职业时，应考虑自己的特点，扬长避短，才能在工作中最大限度地发挥自己的长处，做出成绩。

6. 发展原则

职业不仅是谋生的手段，也是发展自我，实现个人价值，为社会作贡献的惟一途径。因此，在选择职业时，在可能的情况下应综合考虑各种因素，包括职业的造就性、对口性，单位领导是否重视人才，是否提供发展的机会、条件等。

(二)正确把握职业选择的策略

人们在选择职业时，难免受到各种条件的限制，但也并非完全被动地等待社会的选择，事实上是可以主动地采取各种办法来满足自己的职业要求和愿望的。

1. 试验性策略

初入社会，往往对职业选择不能完全把握，可采用试验的方法,如:利用一段时间去兼职某一项工作,通过尝试,可以测定自己在某一领域某一方面的能力以及在这方面的适应性和所能取得的成效。然后,根据体验和成效再决定是否重新选择。通过这种试验性策略,可以取得职业实践体验,开扩眼界和增长见识,为今后正确的选择和适应新的职业创造条件。

2. 专业重点策略

把专业对口作为职业选择的中心,把自己所具有的专业知识、技能、经验与所要选择的职业直接联系起来,实际上是以职业内容、性质为中心的择业策略。这种职业选择的前提是自己学习过一定专业知识或接受过一定的职业训练,并愿意学以致用。这种选择策略,实际上是求职者早就选择确定了的职业目标,并且有了必要的知识和心理准备,或者是有过这种职业体验。

3. 工作单位重点策略

一定的职业总要依托一定的单位,相同的工作或者同一性质工作的不同单位,也会有不同的条件,不同的环境,不同的人际关系,因而就有不同的发展机会和成就的可能。因此,将工作单位作为职业选择也是一种策略。

4. 稳定性策略

生活稳定是许多人追求的生活方式。因而在选择职业时便产生了稳定性择业策略。职业稳定内容包括三个方面:第一,工作性质非流动性。工作地点固定,不需要经常东奔西走,南来北往,受奔波之苦,也不会因东奔西走与家庭生活发生矛盾。第二,工作内容相对稳定。由于科学技术日新月异,有些职业在知识水平和个人素质上,也要求相应的更新和调整,不断地充实和完善自己,才能适应工作的要求。这就会给人带来一种危机感和紧迫感,产生压抑,甚至落伍被淘汰。为减少这种冲击,就可以选择相对稳定的传统职业。第三,收入待遇相对稳定。不追求一时热,过后冷,大起大落,只求报酬稳定能维持生活。

5. 明确目标抓住机会

在众多的职业中进行选择,犹如在琳琅满目的商场中购物一样,不知道自己要买什么,也就谈不上正确选择了。因此,首先必须有明确的目标。心理学家认为,人的目标明确以后,会以行动带来许多好处,并且这些好处几乎是自动到来的。因为明确目标后,人的潜意识就会帮助你、提示你并调动一切积极心态协助你达到目标。由于知道想要什么,你才会走正确的方向,开始自己的行动;由于知道自己要的是什么,当机会在身边出现时,才会更敏感,更有可能认识并把握机会。

6. 把握信息创造机会

我们知道,信息是职业选择的前提和依据,只有更快、更多地掌握新的有效信息，才能作出正确的选择。需要把握的职业信息有以下几个方面：

(1)就业政策信息　包括中央及省一级地方有关就业工作方针、政策、规划、部署、措施等信息。在社会主义市场经济条件下，就业的方针政策不同于计划经济时期。过去是国家统一下达招工计划，统一招收，统一分配到各个企业，劳动者就业由国家包揽。在市场经济条件下，现阶段的就业方针则是劳动者自主择业，市场调节就业，政府促进就业。除这个基本方针外，在一些技术工种还实行就业“准入制度”，即必须经过职业培训取得国家技术等级证书后，才能从事这些工作。

(2)人才需求信息　包括地区、部门、产业、企业的人才需求信息。

(3)职业咨询信息　职业指导专家等权威人士就当前职业选择方面存在的普遍性问题，发表的评价、咨询及提出的建议等信息。

(4)职业参考信息　具有普遍意义的职业指导理论、观点、原则、方法和技巧等信息。

上述几个方面的信息，为求职者提供不同内容、不同方面的规范和指导，帮助求职者进行正确的职业选择。那么，如何才能有效地把握这些信息呢？一要按照既定的择业方向，根据社会需要和个人意向，有取有舍、有详有略地博览各种报刊和有关职业指导书籍，从中收集和积累信息；二要通过兼职、打工或实习，深入准备就业地区或单位，实地收集第一手资料，增加感性认识；三要在日常交往圈和其他机会中，敏感于各种零散而对自己有用的职业信息；四要对于人才需求信息以及职业发展等信息，分门别类加工整理；五要根据一些单位的产品目录或商业广告，分析其中可能的职业机会，作为职业选择的信息依据。因此，职业信息的价值在于它能够给求职者提供各种机会，只有把握一定的信息，才能创造机会，从而抓住机会，实现自己的目标。

7. 参与竞争利于生存

在现代职业的选择中“温良恭俭让”心理已显保守，待“伯乐相马”心理已显被动，“无可奈何，听天由命”心理更显消极。在市场经济条件下，应培养具有竞争意识、自主意识、自立意识以及利于生存的现代人格。

要树立在机会面前平等竞争的意识。如果你是某一项工作的多个候选人之一，而又相信自己完全能够胜任这份工作，那就应当公正地、积极地参与竞争，充分调动自己的才能，寻求最佳机会和途径，充分展示自己的能力和个性，让用人单位注意你、认识你、重用你。

要树立毛遂自荐、自寻蹊径的意识。有两种情况可以运用这种方法：

(1)当没有掌握一定的职业信息，找不到合适的职业时，可以借传媒如报刊、杂志牵线搭桥，登载求职广告。也可以到职介机构登记求聘。这种“自荐”方式使求职者有更大的选择余地和自主性，为越来越多的人所采用。

（2）当已得到了特定的就业信息，有一定的单位定向时，就要利用机会，自报家门。具体方法：首先，制简历表，写求职书。简历表包括本人基本概况，如：姓名、性别、年龄、学历、经历、政治面貌等；文化程度和专业教育情况，包括毕业于何校、何专业，专业课程及成绩情况，特长、奖惩等；家庭基本情况，包括家庭成员、地址及联系方法。这些情况对每一份职业都适用，平常可写好作为常备资料。简历表要求简洁明了，新颖独特，易引人注意。好的简历表不一定会马上使你找到工作，但糟糕的简历表却会失去很好的就业机会。其次，拟写求职书。包括求职意图，对所求职业的合适性、优势条件和优胜条件，表达自己求职的迫切愿望，如经录用，今后如何工作的决心和信心，还可建议用人单位试用，恳请得到机会。其中，说明自己适合这个工作的优势是最重要的内容，它为用人单位作出决定提供依据。再次，求职面呈，自我推销。求职书、简历表可以通过邮寄方式给用人单位，也可以直接登门造访，特别是在时机比较紧的情况下，或具有充分信心和表现力的人，更适宜于这种直接的自荐方式，既有书面的情况介绍、求职意向，又能随机补充、按提问进行说明，使用人单位进一步强化对你的印象。最后，还可以维持、扩大并利用人际交往，随时接收新的信息，或寻找一些权威性的证明书、推荐信，为自荐打开方便之门。

三、农村青年到城镇就业需办什么手续

一般讲，被用人单位招收的农村劳动力，外出之前应持身份证或其他必要证明如计划生育证明等，在本人户口所在地的劳动就业服务机构进行登记并领取外出人口就业登记卡；到达用人单位后，须凭就业登记卡领取当地劳动部门颁发的外来人员就业证；证、卡合一生效，简称流动就业证，作为流动就业的有效证件。农村劳动力也可以凭就业登记卡到职业介绍机构登记，经过职业介绍机构的中介服务来获得就业岗位。

四、提高职业适应性的途径

提高职业适应性能保证人们在职业活动中有较高的效率，使人们在职业改革后尽快达到新的要求，有利于全面发挥个性品质的作用，也有利于社会对劳动力的合理分配与组合。因此，提高职业适应性不仅对于人的个性全面发展有重要意义，对于社会生产活动也有十分重要的意义。所以，当我们在职业生活中遇到困难和挫折，产生职业不适应的问题时，正确的态度就是从自身着手，努力提高自己的职业适应性。

（一）慎重择业

在择业之前，对自己的心理品质、个性特点要心中有数，

即自己适合哪些职业要有谱；另外，对社会提供的职业特征、职业信息要有所了解。既要了解自己，又要了解相关职业对从业者的要求，知彼知己；为做到知彼知己慎重择业，可请有关人员包括朋友、长辈、专家给予咨询指导，尽量做到对所要选择的职业晓之、乐之，在从事该职业活动时就容易适应了。

（二）有所准备

一个人进入职业界前应当通过必要的教育培训，经过小学、中学甚至大学的学习。农村青年进城谋求职业，最好通过职业培训来适应职业的要求，这也是现代社会经济发展的必然要求。如果培训与就业相结合，所学与所用相结合，进入职业界后，自然就容易适应了。由于现代社会职业的具体情况纷繁复杂，而且又随着科学技术的进步发展而变化，并非有备无患，一劳永逸，还要对发展变化有必要的心理准备，对新兴进步的事物保持开放的态度，悦纳而吸收，在工作实践中不断地丰富充实自己，才能适应社会发展进步的要求。经过教育培训所学到的基本知识、基本技能、普遍规律和一般理论，任何时候都是有用的，这是我们继续学习新知识的基础。而且在学习过程中，潜移默化，实际上培养了我们科学思维的方式和判断分析能力，这对我们提高职业适应性起着十分重要的作用。

(三)加强个性修养

职业适应包括两个方面:一是适应工作,二是适应新的人际关系。从适应新的人际关系看,虽然不同职业有不同的人际关系,但有些东西却是相通的,这就是要加强个性修养,培养自己有利于与人共事,有利于增进人际吸引的各种美德,如:真诚坦率、诚实可信、谦虚随和、公正无偏等。在处理同事关系、上下级关系、师徒关系时,由于自己身份的变化又有所差别,在同事面前,更多地需要热情友好,在领导面前,要更多地展示学有所长,可委重任;在师傅面前,更多的是要踏实好学,可教可点。所有这些美德,都有利于增进人际吸引,适应新的社会群体。虽然,在现实社会生活中,那种拉拉扯扯、吹牛拍马之徒,有的还活得很"风光",但这毕竟不是社会发展所需要的,并且随着社会的进步,特别是民主制度的健全和人们整体素质的提高,不学无术、不踏实做事为人,靠吹牛拍马飞黄腾达的人将会难以生存。

(四)通过能力补偿来提高职业的适应性

人各有所长,能力结构是不相同的,当能力结构与职业要求相符时,就容易适应职业。当二者不相符,可以通过能力补偿效应来增进职业适应性。"能力补偿效应"是指个体身上不同能力之间的相互替代、相互补充。如"熟能生巧"很形象地说明了这个道理。"兴趣是最好的老师"也说明了人可以培养兴趣而克服能力上的缺陷。

五、用求职信推销自己

一封文情并茂的求职信，是你求职的红娘，将求职信寄给适当的人（一般在广告中都有注明联系人的姓名）或招聘单位，是一种相当有效的求职技巧，也是求职程序中的重要一环。

有许多人提笔写信求职时总感到不满意，写了撕，撕了写，这种认真对待的精神是必要的，但也不要失去写好求职信的信心。求职信的确很重要，有不少求职成功的人士，关键就在于求职信写得好，给用人单位留下一个良好的印象。

有一位专家对求职信做过专门的研究，在 1 000 封求职信中，能称为佳作的，确实寥寥可数。求职信写得不错，用人单位见信后立即复函，约见者不足 10%；求职信写得太差，但因公司急需用该种人，勉强约见者为 25%；求职信写得欠佳，用人单位本想放下再说，但由于某个职位悬空已久，无奈约见者占 25%；其余 40% 的求职信实在写得太差，令人目不忍睹，放进纸篓中，到大扫除时便付之一炬。也许其中有不少是真才实学者呢！

因此，如何写好求职信就是一个值得研究的问题了。

为了说明问题，我们试举一例进行分析。

佳佳乐商贸公司招聘办公室　王洋经理：

今晨读《滨州日报》，获悉贵公司招聘助理会计员，于是我挥笔写此信前来冒昧应聘。

半个月后我即将从滨州财会专科学校毕业。我在校成绩始终保持在全年级前五名，其中，我最喜爱和拿手的科目便是商业会计，同学们称我为“会计巾帼”。在校期间我学过以下课程：会计原理、商业会计、成本会计、工业会计、会计法规。至于珠算和电脑，我已能熟练操作。

可能由于我的家庭是会计世家（我父母都是会计），所以我喜欢会计，更热衷于会计工作。仔细、勤勉、负责、热诚是我的个性。欣闻贵公司招聘助理会计员，对我来说是个很好的挑战，我乐于以一颗热诚的心来从事贵公司交办的会计工作，但愿王经理能给我这个机会。

兹奉上履历表、毕业证、成绩表、操行评语、获奖证明等资料，如蒙约期而谈，请惠告时间地点，我自当准时拜见。如还需其他证明文件，请即赐告，自当迅速奉寄。

陈燕

2003年6月15日

这封求职信有四层意思：应聘缘由、个人背景、具体事实、支持资料。虽然个人有各自不同的情况，求职信的长短、措词也没有什么统一的规定，但是，任何一封求职信都应该包括这四个方面的内容。兹分别说明如下。

1. 应聘缘由

万事起头难，写信也是如此。求职信一开头应该开门见山，说明写信的缘由。陈燕这封信说明了是因为看了报纸的招聘广告后才写信应聘的，出师有名。且王经理看后会很愉快，因为他们的广告费没有白花。说明他们的公共关系状态还是不错的。

如果你并没有广告作为依据，而自己很想到某个企业去工作，是否也可写一封求职信投石问路呢？当然完全可以碰碰运气。但这时第一段就不能这么写了。这样的情况下可有两种写法。

第一，盲目试探法的开头。如："贵公司声誉卓著，成长迅速，使我想到贵公司定有发展业务、聘用新人之需要，特冒昧自荐。"

第二，有据试探法的开头。如："据悉贵公司正筹备扩大业务，招聘新人，特冒昧自荐。"

这两种开头的方法之中，第二种更好一些。

2. 个人背景

应聘信的第二个部分应写清你的个人背景，即将你所受的教育与实践工作经验作一概括介绍。陈燕是应届毕业生，所以经历较浅，写得也较少。资历较深的人，这部分内容就应详细写出。

有人可能会有疑问，这样不是与履历表中的内容重复了吗？的确，不可避免地有所重复，但是，请注意的是两者用场往往不一样。应聘信是写给主管人的，而履历表有的往往要送给直接用人的班组、科室或其他部门的领导过目的，这两者往往不是同一个人。所以，在写应聘信时不要怕麻烦，"油多不坏菜"嘛！

3. 具体事实

所谓具体事实，是应聘人对"个人背景"的一些具体的补充。对于资历较深的人，这一层最好发挥，充分展示自己的业绩与能力。一般说来，这一层意思中应强调三点：第一，应强调在过去的工作经历中有关人事管理的经验或曾担任过某种领导职务的经验；第二，应该强调在以往的实践中的较为突出的业绩，主持设计、发表著作、科研论文、参加重大工程的施工等等；第三，应该强调你本人性格方面的特点，特别是对资历较浅的年轻人来说，前两点几乎是个人的性格、兴趣及事业心的充分体现。

4. 支持资料

信后说明附上有关资料文件。例如：毕业证书、学位证书、获奖证书、履历表、近照、有关证明等等。在这部分中千万别忘记婉转提出面试的请求，像陈燕那样。

5. *履历表的数量*

一般说来，求职信中所附履历表可复印3～5份，以供主管部门的多位有关人士阅读。如果只寄1份，则要轮流审阅，太费时间。

六、书写履历　展示你的诱人魅力

求职的过程，实际是推销自己的过程。而履历表则是为自己撰写的“产品说明书”。用人单位往往从你的履历表中开始对你进行了解的，高明的人，往往从一个人的履历表中看出该人的资历及天赋。履历表也是求职信中的主要组成部分。

（一）履历表应有的内容

你是谁？你能做些什么？你过去曾经做过些什么？你目前正在做什么？你期望来此做些什么？你求职的目的、目标是什么？你过去有过什么特殊的成功表现？你有什么特长？你对新职务有什么要求？等等。

目前，除政府有关当局要公民填写的履历表是有明确规范的外，一般求职时都用白纸书写。因此，其形式是五花八门。我们认为，当前在市面上没有“法”定的履历表出售前，自己动手制作一份简明扼要的履历表是必要的，因为它能给对方一个规范化的印象。

虽然履历表并无一成不变的格式，但当你填写时，以下几个方面的条目是不可少的。

第一，名称。履历表的第一行应将“履历表”三个字突出用大号字写出，字与字之间宜留出适当间隔，以便使人一目了然。

第二，个人及家庭情况。包括姓名、性别、年龄、婚姻状况、家庭住址及电话号码。

第三，学历。将你过去求学的状况一一列出，如获得学位，应特别注明。

第四，经历。过去你所从事的主要工作及地点、职务。如：受过奖励，应特别注明。

第五，求职的目标（或工作期望、希望目标、个人目标均可）。表明你此次求职希望得到什么样的工作及期望未来能有什么样的内容。将你的特长如实写出。如：运动项目、钢琴演奏、木工制作等特长或有组织管理车间生产劳动等经验。这项内容说明你是一个有特色的人，千万不可忽视。

（二）写履历表时的几点注意事项

第一，内容要尽量的全面。这样，使对方一看到你的履历表，便可对你个人的全貌有个通盘的了解。如果你只报了个姓名年龄，就不会给人以鲜明的印象。要明白，履历表及求职信，是争取面试的敲门砖。

第二,字迹一定要清楚、准确、工整。求职信虽不是书法比赛和作文比赛,但优美文字构成的履历表显然比东倒西歪、别字连篇的文字所写成的履历表更具有吸引力。有时就是因书写太差而落选。

第三,写初稿后应认真检查两遍,看是否有所遗漏。

第四,由于履历表是常常用到的,所以写好一份标准的履历表后,最好将其复印若干份以便留作他用。

第五,如有打印机,将履历表打印出来更是高人一筹。如系大专院校毕业生,尤其应附上一份文书或打印的履历表,以便锦上添花,充分显示自己的实力。

当求职信和履历表等资料寄出后,对一般人来说,余下的就是等待佳音了,还有没有事情可做的呢?

其实,在这等待的时候,不妨冷静下来,策划下一步的行动。例如:如果你收到对方的复信时,你该怎么答复呢?如果对方的答复是“对不起”,你该怎么办?如果对方的答复是“请于某月某日,驾临本公司接待科面谈”,你又该怎么办?

我们的意见是只要对方复了信,无论其内容是否如你所愿,你要做的第一件事便是写一封感谢信。而据我们调查,十个求职者有九个人不回感谢信。

即使复信拒绝了你的求职,也得回信表示感谢。这点恐怕有许多人想不通:“你都拒绝了我,我还感谢你干什么?”感谢信,当然不是感谢对方的拒绝,而是感谢对方在你求职的问题上“劳了神，费了心”。其实，对方复信给你，就是表明对方对你的尊重，难道不应感谢吗？同时，感谢信中应对对方的拒绝表示诚恳的理解，并表示自己才疏学浅，对未能为贵公司效力而惋惜，今后当再行努力，以期他日有适当的机会报效。这里应注意，千万不能回信去指责对方“有眼无珠“或“办事不公”。因为，来日方长，这次求职不成，但不要破坏了自己的形象，也不能破坏已建立起来的关系，也许时隔不久，命运之神又会把你送到这家公司里去的呢！

当然，对对方约你面谈的信，则更应该复信致谢了，感谢对方“迅速处理，届时本人将携带有关资料前来应试”。

请注意，回复一封感谢信是十分重要的，而正因为绝大多数的应聘者都忽略了这一环节，所以显得格外重要。试想一下，对方收到你这样的一封信，该对你产生多么深刻而又不同的印象。

七、了解面试的目的

当你的履历表、求职信以及自传得到招聘公司的接纳，约你面试时，你一定会很高兴。但是，我们奉劝你一句，高兴得不要太早，约你见面，这只能算求职成功的第一步，而且是不大的一步，而成功与否还取决于最后一步，也是最重要的一步——面谈。

面谈也称之为口试或面试。我们以为还是叫面谈的好，因为“口试”一词会使人神经紧张，手脚冰凉，而“面谈”一词却使人轻松自如得多。

但“轻松自如”并不等于“轻而易举”。一位工业公司的王经理对我说过这样的话：“看来每一位应聘前来面试的人，似乎都没什么准备，因此他们的回答，叫人听了不知所云。他们人是来了，却不知为何而来”。

没有准备的面试往往招致求职的失败。所以，为了求职的成功，面试前必须做好充分的准备。而彻底认识求职面试的意义和目的，则是进行成功面谈的前提。

求职面谈是一次双方都有一定的目的、一定的方式和一定的构想的谈话。在面谈时，通常由对方主谈人开始，但这绝不意味着在整个谈话过程中应聘者处处被动。因为，你是面谈中的一位参与人，而且你应该是一位积极热忱的面谈参与者，所以，你在这场谈话中应始终保持警醒，保持耐心，听取对方的表示，再作适当的反应。

你必须充分认清这场面谈的重要意义，将其视作一次重要的会谈，因为这场会谈的重要性在于决定你一生的命运，而你面谈的对手，很可能是你将来的朋友，在你的事业中会助你一臂之力。假如你能将这次面谈视为朋友间的一场关于人生道路的选择的重要谈话，你便能够带着一种积极热忱的态度去投入这次谈话。

（一）信誉的共享

求职面谈的目的之一，在于信息的交换，换言之，主谈人与你面谈，当然是想从谈话中对你的各方面的情况有一个更全面的直观的了解；但这时千万不要忘记，这也是你了解对方及其公司情况的机会，而且这样做，对方也是欢迎和希望的。否则，你被动地接受询问，而对对方的情况若明若暗，将来真的到公司来工作后，才发现这家公司并非是你理想的地方，就悔之晚矣。有人担心，如果自己主动询问对方的情况会不会引起对方的反感？不会的。对方如真想招聘诚实的人才的话，他一定会欢迎应聘者提出各种问题的。

由于信息交流的目的，应约面谈的求职者在面谈之前就要做好充分的思想准备，以便在面谈时积极主动地提出问题与见解。

（二）劝说和推销

除了信息共享外，求职面谈还有一个目的，就是观点的推销和劝说。

主谈人常利用面谈的机会，对你“推销”他的公司，希望能说服你，使你成为应聘的职位的最佳人选。在这样的场面，你必须成为一位积极热忱的参与者。

当然，你也不应放弃这个机会必须尽力说服对方，使对方认为你是该公司某一职位的最佳人选。在这一场面中，你必须成为一位积极热忱的参与者。

一般来说,用人单位的主谈人最关心的问题是应聘者有能力担负这个职务吗?应聘者是否容易相处?

因此,我们在面谈前就要做好推销自己的准备,要是你希望打动对方,使他录用你,你就得在面谈中,不时表现出你的合作、愉快及乐于与对方相处的性格,这是你要向对方推销的起码条件。

当然,同时你也应该考察对方的性格,因为将来你可能就在他的手下工作,对对方的各种特点有较全面的了解,有利于你将来更快地适应环境,适应新的工作。

有了这样的思想准备,你就不会只让对方来审视自己,而会在对方审视自己的同时,主动审视对方。

八、面谈前你应该做哪些准备

(一)仪表

首先,应考虑仪表和服装。因为它们会直接影响主持人对你的第一印象,你应该穿一套整洁得体的服装,使人看起来端庄、大方。

(二)资料

求职面谈需要带一些必备的资料,至少你应多带几份已经寄出去的你的履历表和复印件。万一主持人忘记了你的履历情况，或不止一个主持人的时候，你可以及时递上，以供参考。

（三）笔记

准备面谈期间，将你所能想到的一切问题都一一记在笔记本上，面谈时带在身边。或许面谈时有些事项需要及时记录。另外，请不要忘记带笔。

（四）姿态

你准备以什么样的姿态出现在面谈的主持人面前呢？不必过于严肃、紧张和正经，随时保持一种笑容可掬、彬彬有礼的形象，应该是最恰当的姿态。

（五）应付

你应该仔细想一想，面谈时对方可能会提出的各种问题，及时应对的基本策略，最好也将其记在本子上。

（六）发问

你不仅要想到对方可能问你的问题，而且还应该想到如有机会时，应该向对方提出什么问题，并将这些问题事先记在本子上。

（七）预演

所谓预演，指的是你在参加面谈前，应先在自己的脑海里设想各种情况及对应的方法，参加考查自己是否已具备应付的能力和技巧。当然，如果有个亲友一同演练最好不过，亲友充当主持人，你作应聘者，一对一进行谈话会起到很好的准备效果。有人以为我们这是在开玩笑，其实，预演，至少在头脑中反复预演，对于面谈成功是十分重要的。请记住：有备无患。

九、应付不同类型的面谈

当你接到面谈通知时，你得考虑一下，你参加的是一种什么样类型的面谈，因为不同类型的面谈的特点不一样，你的策略也不应该一样，有备而无患，有备而多患，打仗是这样，面谈也是这样。

第一种类型是淘汰型面谈，也可比作初赛。淘汰型面谈通常时间很短，目的是迅速地从众多的面谈者中，初步物色出符合条件的少数人选。

由于时间短、任务重，所以主持人只能以少数的话题为中心。例如：一位年轻朋友参加了这样的面谈后对我说："不够一分钟，面谈便结束，我原打算提几个问题也没有机会，这样的面谈，心里真不是滋味，让人有一种开玩笑的感觉。"

这位朋友不了解，这只是初步的面谈，目的是先淘汰那些显而易见不符合要求的人选，因此才那样的短暂，不少应该讨论的问题来不及讨论。

那么，在那么短短的时间里，主谈人凭什么决定淘汰谁？保留谁？说起来就很微妙了，如果没有什么内定人选的话，多半是凭主谈人对应聘者的第一印象,好者留之,差者去之。

因此,如果你面临的是淘汰型的面谈,那么你就应该在给对方留下第一印象上下功夫。比如:服装、仪表、礼貌、精神等小节就要多加讲究,力图在短时间内给主谈人留下较深的印象。

那么,怎么知道是否为淘汰型的面谈呢?你按通知到面谈地点不是一眼就看清了吗?那里如果是几十个人或上百人等候召见,那十有八九是淘汰型的了。再看那些先来的,鱼贯而入办公室,片刻又鱼贯而出,那淘汰型面谈是肯定无疑的了。这时你就要及时检查一下自己的各个方面,力图有个出色的表演。

第二种类型的面谈是决定型面谈。这种面谈的时间较长,讨论问题较多而且详尽,只有经过淘汰型面谈后剩下的少数人才有机会参加这样的面谈。因此,这样的面谈中你显示的重点不再是外表,而是内在智商了。

如果就用人单位参加面谈的人数来说,面谈又可分为"一对一面谈"和"多对一面谈"。

"一对一面谈"是很多人在平时生活工作中所多次经历过的,这里不再赘述。要说的是,你必须要做好思想准备去"舌战群儒",也就是你一个人与主管单位的多人面谈。

如果你准备不充分,一走进办公室面对着五六个人,有经理、副经理、人事部部长、公关部部长等,就会心慌意乱;反之,如果你事先有了参加这样的面谈的准备，就会镇定自如，对答如流，而且越是遇到这样的场面，应该越高兴，因为它意味着这是最后的关头了，胜利就在眼前。

这样的场合最能考验你自控及应变的能力，多位主谈人问你问题，可能各人问的问题都不相同，叫你难以应付，这时务必要保持冷静，全神贯注，每次只针对一个问题来回答。如有多个问题差不多同时提出的话，你就应择其一两个较为容易的来回答，而其他问题则一带而过，除非有人再次提起，你可不必理会。假如某个问题非答不可而你一时又没想好答案，你不妨来个缓兵之计，以没听清为理由，请对方再重复，以便赢得思考的时间。这些基本的策略，事先都要想好，到时才能随机应变。

在面谈时，特别是“一对多”的面谈场面，难免对求职者造成一定的心理压力，而某些用人单位也正是有意制造这样的“压力场面”，激起求职者的紧张情绪，从而考察求职者对于这些心理压力的承受能力的大小。因为现代的许多企业在激烈的竞争中，他们的工作人员都必须有承受心理压力的能力。

你想过没有，当你进入面谈的办公室时，可能会出现另一种不曾预料的场面：多人对一个主谈人。这时，你应该怎么办？采取什么策略方为上策？

有位李小姐在面谈中正是面临着这样的情景，一个主持人，参加面谈的男男女女共9个人。面谈还没正式开始，她便在心里问自己："我应该怎样应付这样的场面呢？有那么多人同时参加面谈，我应该怎样表现，才能给人以深刻的印象？"

等主持人发言结束，询问大家有无问题的时候，许多人都迫不及待地发言，力求表现自己。李小姐见此情况，不禁心头砰然一动，妙计油然而生。她镇定下来，不慌不忙，静听他人发言，并将其要点扼要地记在笔记本上，既不争先，也不冷漠。等到会的人都把话说完了，主持点名要她发表看法时，她才不紧不慢地站起来，有条不紊地说：

"我一直都在注意听取大家的发言，从中学到不少的东西，我认为，我同意第一位赵先生的意见，他说……我觉得第二位钱先生说得也有道理，因为他表示……还有第三位孙小姐的见解也很精辟，因为她认为……最后我想补充的惟一一点意见是……仅供参考，我的发言完了，谢谢。"

她的发言和表现最受赏识，结果9个人中只有她被录取了，因为她表现出以下优点：第一，冷静；第二，细心听取别人的意见。要知道，我们很多人都没有耐心听别人说，只是顾着自己讲；第三，有一定的归纳概括能力；第四，有相当的判断力；第五，有礼貌，善解人意。

李小姐的策略是退后一步，后发制人，很有一点孙子兵法中的策略思想。假如你面临这种情况，李小姐的这个例子是可以效法的。

十、面试中常被问到的问题

怎样为面谈作好准备，也就是为自我推销作一番认真的准备呢？所谓自我推销，主要是围绕回答主持人所提出来的一系列问题而进行的。因此，如果我们在面谈前就能对可能问到的问题有一番准备，那么，面谈成功的可能性就更大了，虽不能说万无一失，但也可十拿九稳。

作者收集了300余个这方面的问题，进行了研究，这里选择了25个最常被问到的问题并一一进行扼要的分析，并分析一下主持人希望的回答及应聘人应持有的对策。

（一）谈谈你自己

在面谈时，这是最常被问到的一个问题，许多主持人认为只有通过这样的问题，才能使他们获得对你的全面的认识，特别是对你的性格、心理、为人、表达能力的认识。他们认为，假如一个人连自己都无法表达，那就不要谈其他的事了。

初看起来，这个问题再容易不过了，从上幼儿园谈到中学或大学毕业，三天三夜说不完。如果真的不着边际的吹起来，那势必事与愿违，非砸锅不可。因此，对于这个问题，不在于回答得多少而在于回答的技巧，开门见山，画龙点睛。也就是说，回答时要直点到主题，让对方立刻明白你的特长及优点。

具体地说，回答这个问题时应记住以下几点：

(1)强调自己的特长，如："我认为我是一位很称职的工程师。"但是，说完之后你必须以实例证明你所说的论点，尤其是一些特殊的例子，并强调过去的成就。

虽然问题是"谈谈你自己"但一般你的回答不应超过3分钟，点到即止，有些人喜欢从出生说起，实在没有必要。这是因为你的自传及履历表上都写得很清楚了。

(2)简略回答后随即问主持人："请问，您还想知道我的其他什么情况吗？"

(二)这份工作最吸引你的是什么

主持人向你提这个问题的动机是想了解：你究竟是喜欢这份工作，还是喜欢这份工资。所以，即使你喜欢这份优厚的待遇，但也绝不能明说，千万别把个人的因素融于答案中，引开这个正题，而大谈公司的发展前途，使主人认为你与这份工作正好是一对最佳搭配。

(三)这个工作压力很大，你受得了吗

回答这个问题时，请千万不要性急而随口回答道："是的"。正确的做法是先请主持人详细谈一下压力到底有多大，因为或许这压力的确很大，而你又有希望承担这么大的压力。

如果有这两种情况之一时，请不要直说出来，而是应该告诉对方，你过去在压力下表现得多么突出，告诉对方，压力对你绝对不成为问题，你有许多方式来对付压力，同时，最好能举出一两个实例来支持你的观点。有一个求职者是这样来回答这个问题："我觉得没有压力的工作会很无聊。"

（四）你现在喜欢我们公司，五年后你会有什么想法

这个问题的画外音是："你是否拿我们公司做跳板，五年后就跳槽？"因为五年后的事情谁也说不准，或许连这家公司都垮台了呢？但这些话不能直说，只能以一种模糊的语言来回答对方："我想，五年后我们的公司会取得更大的进步，而我自己，当然也会越干越好。"

（五）你对自己的优点有何看法

你当然明白自己的优点所在，以及它与你目前所追求的这份职业的关系，因此，这个问题并不难回答。不过，最重要的是要接连举出几个实例来支持你的观点。

再次强调一遍，凡是谈及能力、优点、经验、成就之时，一定要举出实例来进行支持，否则，将是苍白无力的。

（六）你对自己的缺点有何看法

人非圣贤，孰能无过？凡人都有缺点。当然你也不例外。但是承认自己缺点的时候，不要谈及有可能危及你目前职务的缺点，而大谈那些"安全"的缺点；有时工作过于认真啦，有时对工作不卖力的人缺乏耐心啦，有时你不知道何时认输啦，

等等。假如你是去应聘会计师的职务，你却说出了自己有时会算错账，就太危险了。

（七）为什么你要离开目前的工作

这个问题一定要想好再给个安全的回答，否则对方会产生误解。所谓安全回答，指的是千万不要对你目前境遇发牢骚，什么“多年不提拔我”啦，什么“不分给我住房”啦，什么“少发我奖金”啦，什么“待遇太差，领导不关心人”啦，这些你如说出来，主持人自然会想到：原来你是来这里要钱、要房、要待遇的。这样一来事情就不好办了。应该以自己的志向来回答：“以我眼下的单位条件都还不错，不过我更喜欢贵公司的工作，因为这是我许久以来的理想。”

（八）你是否会认为你与别人和睦相处

这是一个普遍提及的问题，人们都希望自己公司的人能和睦相处，但每家公司里都存在不少的人事纠纷。对于这个问题的妥善回答是：让我这么说好吗？我从来没有与无法相处的人共事过。

（九）我担心你缺乏经验

因为你年轻，主持人担心你缺乏经验也是人之常情，所以，你不必为这个问题所吓倒，而应该给予肯定的回答：“是，你的担心完全是可以理解的，而且是有根据的，我虽然年轻，但我干会计工作已两年时间了……”这个问题既要肯定对方的合理性，又要陈述自己并非完全像对方所担心的那样无知。

（十）休息时你有什么爱好

别看这问题单纯，它却有更深一层的目的，不但想了解你的业余爱好，更重要的是想知道你的这些爱好会不会影响工作。因此，对这个问题的回答要有分寸，一是不能有明显影响工作的爱好。如打麻将，喝酒；二是不能有过分的爱好，如：我是个球迷、歌迷、舞迷、牌迷。因为上两种爱好都会影响第二天的工作。但也不能说我没爱好，那样，你的形象就要大打折扣，最好说出自己的一些高雅的爱好，如“有的时候我喜欢读读古典名著，听听音乐，有时稍微做些……”

（十一）遵守我们公司的纪律　你是否会感到困难

这是想了解你是否会成为一位为公司带来麻烦的人。你当然不是，你可告诉对方：“在我过去的工作经历中，连一次迟到的记录都没有破过。”使对方感到放心。

（十二）在你过去的工作中　你最喜欢的是什么

这个问题可以说是对你智慧的莫大考验。这个问题有很多答案，但最好的答案是一个字“人”。

下面的13个问题我们就不一一分析了。

你的动机是什么

你的长远目标是什么

你会喜欢这个工作吗

你会激励他人吗

你在学校中喜欢什么课程

小的时候,你有什么理想

你会经常发脾气吗

你能为本公司作出什么贡献

你的健康状况如何

如果你很富有,是否还想工作

你的太太(或先生)支持你的工作吗

你对于批评会很敏感吗

你的一生中,面对过的最困难的挑战是什么

以上这些问题都应该在面谈前仔细想好应答的方法,到时才能镇定自如,对答如流。即使有古怪的问题提出,也能随机应变了。很多事实证明,这些问题的应答准备是绝对不会徒劳的。

十一、知己知彼　百战不殆

孙子兵法说:知己知彼,百战不贻。前面的各项准备在于知己。那么,对方的情况我们事先要不要了解呢?完全有必要,而且这也是面谈前的一项必要的准备工作。

这项准备工作的重要性在于保证面谈的成功,而且对你将来在这家公司开展工作,将产生长远的影响。

假如在面谈时对方问道:"假如你来到我们的公关部工

作,你对工作有何建议?”如果你事先对该公司的公关工作有较多的了解,那么,你就可以直陈己见,令对方十分佩服。但是,假如你事先对该公司毫无了解,你就会张口结舌了。

具体来说,应该了解该公司的三方面的情况:

(一)员工待遇与福利

其中包括该公司怎样对待员工?员工们有无上进发展的机会?什么样的员工才有可能被提拔?员工的工资、福利、保险、退休制度如何,有无员工宿舍,每日工作的时间是多少?午餐是否由公司提供?该公司对员工的事假、病假、婚丧假等有何规定?上下班的交通是否自理?等等。

(二)业务情况

其中包括该公司的历史,主要产品或服务,主要设备及设施,公共关系状况,员工素质及数量,发展规划前景,主要领导人的姓名及特点,主要客户及市场划分情况,等等。

(三)工作地点环境

其中包括公司所在的社区是否有良好的交通、邮电、银行、学校、托儿所、幼儿园等成套服务设施,公司所在地至你家的距离如何,在公司所在的社区里有无可能找到新的住宅,该公司所在社区的生活费用,等等。

上述有关公司的各项资料,在你准备面试的过程中应尽量收集,越多越好。收集资料有许多途径,该公司公关部印发的宣传品，在该公司工作的亲友、同学、邻里都是你的天然情报员，实在不行，找机会结识该公司的员工，喝几次早茶，那么，许多情况都可以弄清楚了。为了增加感性认识，你也可以找个借口到该公司去参观一下。这样耳闻目睹，对公司的情况就做到心中有数了。当然，许多更详细的情况，要等你到了该公司工作后才能慢慢熟悉的。但是，事先的大致调查，可以使你在应付面谈时绰绰有余了。

第三章

白手起家　赚打工的第一桶金

一、进城打工:手续很重要

经商创业生涯,最令人难忘、最值得回味的往往是标志着创业真正起步的第一笔买卖、第一次成功,有人形象地称之为“第一桶金”。

但进城务工的青年们面对的是,缺技术、少资金,“路子”、“关系”更是奢望,以经济学角度论,最重要的创业要素残缺不全,要挖掘出宝贵的“第一桶金”,完成打工到创业的起跳,几乎不可能。

本章中将介绍一些帮助你挖“第一桶金”的方法,让你顺利走上打工之路。

先说说进城打工的准备工作都要做哪些吧!

进城打工并非只带张身份证就万事大吉了,还需要注意以下几点:

进城民工,必须年满 18 岁,随身携带有效证件(一般要求是身份证),这是正规的劳动力市场和用人单位进行中介或用人的首要条件。

办暂住证，从2002年开始，全国已正式启用新的《暂住证》。新《暂住证》有效期为3个月，每证收取工本费5元。对未办、拒办暂住证的，相关部门将处以200元以下的罚款。

特殊工种如氩弧焊、高低压电工等，必须持有操作上岗证或技术等级证。我国在1994年和1996年相继颁布的《劳动法》和《职业教育法》规定，对于从事技术复杂、通用性广、涉及国家财产、人民生命安全和消费者利益的职业（工种）的劳动者，必须经过相应的职业资格培训，在取得职业资格证书之后才能上岗就业。

到宾馆餐饮业务工，则需要提供健康证。可以到当地的卫生防疫站办理。体检合格就可以拿到健康证了。体检时需缴纳检查费及办证费等费用一般由用人单位支付。

进城务工人员若为育龄妇女，还需在户籍所在地政府办理婚育证明。

二、钟点工：无本也赚钱

近些年来，各地的家政服务行业发展迅速。以上海为例，目前已有超过10%的居民家庭聘用了家政服务员。

上海市统计局城调队日前对上海市居民进行抽样调查，发现40%的上海家庭希望聘用一名家政服务员。按照一个家政服务员平均服务3户家庭计算，上海市目前还需新增7万名钟点工，才能满足市场需求。

调查显示，钟点工是最受居民家庭欢迎的用工形式。在目前聘用家政服务的家庭中，近 80% 的家庭聘用钟点工，聘用全日工和半日工的家庭仅占 12% 和 3%。

此外，调查还表明：上海人目前最需要的家政服务是家庭清洁工作，占被调查家庭的 65%，其余依次为洗衣(26%)、烹饪(18%)等。

所以，如果你刚从农村来到城市，无亲无友，也没有什么专业技术，那么，钟点工这种工作适合你。

钟点工前景还是很乐观的。就现在市场上的普遍价格来看，普通钟点工 1 个小时赚 8 元钱，专擦玻璃的每小时 10 元，成套新房的打扫每小时 15 元，或者按建筑面积计算，每平方米 2.5 元。理论上一个钟点工每天做 6 个小时，一个月就能赚 1 440 元，做得好的钟点工往往三四户人家同时请，一个月收入近 2 000 元。

钟点工适合人群：根据工作内容的不同钟点工适合大多数身强力壮的农村男、女青年。如做清洁、接送孩子、搬家等适合男性；而买菜、做饭、打扫卫生等则适合女青年。

注意事项：树立良好的服务意识，平时多与顾主沟通，掌握顾主的喜好，这样才能更好地为顾主服务。钟点工的收入主要是以服务时间或服务项目为计算标准的，所以，在做事时要迅速快捷，这样才能在有限的时间内多服务几家人。

三、保姆工：无忧挣钱

最近，从事家政服务的陈玉金特别高兴，因为她刚被一户人家聘为保姆，专门照看一名读幼儿园大班的小男孩。这是她进城以来找到的第二份工作。

45 岁的陈玉金，来自一个偏僻的山村。经老乡的介绍，她曾在一户人家负责照顾一位脚有毛病的老人，月工资 450 元，吃、住由主人提供。每天为老人做饭、洗衣、打扫卫生。一年为家庭增加 5 000 多元的收入。

后来陈玉金辞去照料老人的工作。在他人的帮助下，被一对终年在外做生意的夫妇选中，因为他们需要一个照料 6 岁孩子的保姆。现在，陈玉金的任务是每天上下午接送小孩；去市场买菜、做饭；洗衣服，搞卫生，让小孩吃好睡好。她说，如今的保姆不好当，多数家庭需要身体健康、讲究卫生、有文化知识的保姆。我却是个文盲，且年龄也大了，恐怕只能干四五年了。

是的，城市的发展，需要像陈玉金这样的农民工，但，城市的发展也必然会淘汰掉这样的农民工。但愿更多进城的农民工是有一技之长或经过培训的劳动者，只有这样，农民工才能成为城市的“常住”人口。

适合人群：常规家务事的保姆一般适合青年农村妇女。如是照顾瘫痪在床的老人，也适合身体较为强壮的男青年。

如果是照看婴儿，则适合年龄较大、生育过、有丰富经验的中年农村妇女。目前，包吃包住的保姆每个月的工资在400～600元，有文化、会管理孩子的保姆可能拿到更高的工资。这对外地打工者和下岗女工来说，都是一份不错的工作。

注意事项：如今，家政业对进城打工者特别是女性打工者来说，是一条很好的就业渠道，既服务了社会，又打开了自己的生活空间。保姆和钟点工不是一来就可以上门做的，往往要经过职业培训。首先家政公司会让应聘人员做一次体检，合格后还要出具身份证明。家政从业人员要学习家政人员的行为规范和专业工作技能两项课目。行为规范包括家政人员的基本人品考察，以及在主人家不该说、不该问、不该要的范围等职业礼貌。钟点工的工作技能包括怎样擦玻璃既快又亮，学会烧一些家常菜，日常搞卫生窍门，如何给地板和家具打蜡、怎样去污，以及台面、墙面等对化学清洁剂的反应等。保姆的工作技能还包括各类衣服的不同洗涤等等。

四、月嫂：服务产妇

月嫂是一个新的行业，一经推出，便十分红火。现在有些城市成立了一个专门护理产妇和婴儿的“月嫂”服务部。找一个既懂母婴护理知识，又有责任心的人来护理产妇和新生儿，成了许多家庭的愿望。如今“月嫂”在北京、上海、广州、成都、南京等大城市很走俏。

“月嫂”在眼下是比较缺乏的，因为有经验又能日以继夜地照顾产妇和新生儿的保姆为数还不多。

40岁的孙玉梅进城后，先后做过老人看护、保洁员等工作，后来经人介绍进入了“月嫂”这个行业。抱着试试看的心态开始了月子护理工作，一干就是两年，孙玉梅迅速成为行内出名的明星月嫂，十分抢手。

昔日面对的田里的庄稼，现在要面对的是鲜活的生命，对于人到中年的孙玉梅来说，要成为一名合格的月嫂，一切还都得从头学起。

做月嫂需要爱心与耐心，从最初到现在的明星月嫂，也正是因为她的爱心与耐心。她说：“因为我就是做母亲的，我会用我的母爱去呵护每个宝宝”。在从事月嫂工作的这两年里，她付出了很多。每到一家她除了完成自己的护理工作之外，还把用户家里整理得一尘不染，得到了用户好评。

月嫂的收入不错，但非常辛苦。经常是夜深了，孩子才睡着，她睡了才一会儿天就亮了；碰到体质弱的婴儿，夜里她也不敢合眼，生怕有什么闪失。两年来，孙玉梅几乎没睡过一个好觉。孩子晚上不肯睡，孙玉梅要一直抱着、哄着，怕孩子哭闹影响产妇休息。一大早又要为产妇做早饭，也只有在孩子睡觉的时候，她才有空休息或做点家务活。

虽说辛苦可孙玉梅的心里却是美滋滋的，她喜欢孩子，看到一个崭新的生命在她的手中健康成长，看着孩子妈妈健康、快乐、满意的表情，她觉得苦中仍有很多的乐趣。

适合人群：有育儿经验的农村妇女。

注意事项：对产妇和婴儿要有爱心，特别是对孩子要当成自己的宝贝，这样才能将工作不当成负担，才能为产妇服好务。

五、医院陪护工：为病人解忧

医院陪护工是一群特殊的打工者，他们不怕脏不怕累，为病人解忧为家属解难，用他们辛勤的劳动赚来报酬。

来自广西横县农村的中年妇女陈嫂进城做陪护工已经有一年多时间了。她陪护了不下50位病人。在她陪护的病人中，有其配偶工作忙而脱不开身的，有父母年老体衰而不能照顾的子女，也有子女不在身边的老人。端茶倒水、喊护士、叫医生，有时一个病室的几个病号可一起陪护。对于一些做了大手术的病号，还要端屎端尿、背上去洗手间，有时几乎是24小时全陪。这些活计对身材结实的陈嫂来说当然不在话下。陈嫂坦言，做陪护虽说都是些脏活累活，但是收入较高。

在医院做陪护工工资收入一般按天计算，根据陪护对象的不同而有所区别，但如果24小时全陪的话，最好工资也在每天20元左右。这样算下来，一个月就能挣到600元以上。

适合人群：在医院做陪护工不需要多少文化和技术，但需要仔细、有体力，这样才可以把病人搬上搬下，帮病人跑东跑西。

注意事项：由于接触的病人有些患的是传染性疾病，所以在与这些病人接触时一定要注意采取必要的消毒措施。

六、花卉保姆：都市新行当

养花陶冶情操，并能给人带来乐趣，所以现在许多都市人都在阳台上种上了鲜花。然而城里人却很少有人能把花卉打理得井井有条。你看各家阳台上那些盆景要么蔫头耷脑，要么枯萎变黄。所以"花卉保姆"大有"钱"途。

陈艺刚进城，凭自己在种花弄草方面的经验在南宁市保爱路上的一家园艺服务部找到自己第一份工作，为顾客长期养护、修剪花卉，并提供技术咨询，他为那些爱花却没时间、或者不懂养花的人解决了后顾之忧，也深受一些企事业单位的青睐。

潘女士是园艺服务部的长期顾客，她家有一个屋顶花园，但种的花总是活不长久。陈艺上门观察后告诉潘女士，花有阴阳之分，有的花一周只需浇一次水，却要多晒太阳；有的花需要每天浇水，但很容易被太阳晒伤。另外花草还需要定期养护、修剪枝叶和喷药灭虫等。不同的花要用不同的养法，细致周到的养护才能让花儿四季鲜活。潘女士感到茅塞顿开，于是爽快地答应每月付给小陈 40 元，让他定期上门养护花卉。

据了解，目前南宁市的“花卉保姆”已有上千人，大都是来自南宁郊县的农民，他们在为城里的“养花族”解除后顾之忧的同时，也给自己进城打工创造了一个新行当。

适合人群：有养花种草经验的中青年农民。

注意事项：此服务行业的特点是面对着的是不同的顾客，所以要掌握顾客的心理，了解他们的审美情趣，让自己修整出来的花草符合顾客的心意。

七、职业花艺师：好日子催生出的都市新行当

五彩缤纷的城市生活时尚，催生出不少新行当，职业花艺师就是其中的一种。

在广西南宁市园湖路花鸟市场每天都熙熙攘攘，这里有数十种鲜花供市民选购。然而，顾客们随便买一束花的现象已经少见了。如今，捧在顾客手里的多是经过艺术加工插制的花篮、花束，从一朵玫瑰到一个“百花大拱门”，都凝聚着花艺师的精湛手艺。

一手持剪刀，一手拿花枝，黄玫瑰花行的打工者小肖正在给一家酒店制作大花篮。八年前她进城市打工，很长一段日子她都是在大街上充当卖花姑娘，她从花市里批发出各种时令花卉，然后在车水马龙的大街上出售，赚点小钱。在卖花过程中她敏锐地发现消费者对鲜花有着多种多样的需求，除了常规的切花外，婚礼、生日、企业庆典、酒店装饰、会议摆设却

需要摆放花篮或插花。于是她专门进培训班学习插花艺术，后来应聘进了黄玫瑰花行，既帮助卖花更卖插花技艺。小肖的插花很受顾客欢迎，所以，来买鲜花，订做花篮、插花的顾客不断增多，老板给她的工资也不菲。

小肖说，花艺这个行当有相当广泛的客源，不光是一般个体客户，也包括酒店、公司、家庭、政府部门等。平日，总有不少公司开业、酒店开张、婚庆等，而每遇春节、情人节、母亲节、父亲节等特殊的日子，生意更是兴隆。

据她介绍，八年前南宁市已经有不少花店，但当时花卉品种不多，只有玫瑰、康乃馨、菊花等几个常见品种，颜色也只有红、黄、白、粉红等几种单色；而今，可供花卉有数十种，包括非洲菊花、水星花、“西伯利亚”、“星球战士”、“元帅”等许多新品种，颜色除了单色外还有复色，比如一种颜色的花瓣上带着另一种颜色的花边，再加上“绿宝石”、金梅、蓝玫瑰等有特点的花色，使花艺更加美丽，更能扮靓生活。

南宁市现有花店 200 多家。新涌现出的花艺师们，就在这小小的花店里装点着时尚的都市生活。老百姓的生活质量提高了，买花也想买出个新花样，因此花艺师只要跟上花艺的时尚潮流，就有做不完的生意。

适合人群：善于学习，心灵手巧，长相姣好的农村年青女孩子。

注意事项：要有良好的审美情趣和一定的文化修养，平时要多注意知识的积累，体会顾客的心理，毕竟花卉是一种精神消费品，要让顾客在愉悦中购物。

八、代驾师：为人排忧解难

据统计，我国交通肇事有很大部分是由于酒后驾车造成的。驾车外出应酬，酒后飘飘欲仙，驾车安全怎么办？电话招来代驾师，护送人车平安回家。这种新的服务方式已经在全国许多大中城市出现，代驾师正成为收入颇丰的新兴职业。

小谢便是代驾师中的一员。他高中毕业后家里送他进了驾校，拿到驾照后，帮别人开了两年农用车。他想，凭这个手艺，在城里找个帮人开车的活儿应该是没有困难的，但事与愿违。某汽车公司推出了新业务——代驾。他赶去应聘，马上就被录用了。但公司规定代驾是没有底薪的，一旦有了业务公司会打电话通知，客户支付的费用还需要和公司分成。但公司会不定期地提供各种培训，让他们熟悉各种高、中、低档车辆的驾驶技巧。

原来这家公司眼光独到，考虑到一些人平常在外和客户、朋友聚会，难免多喝几杯，而到曲终人散回家时，他们就犯愁，酒后驾车太危险，把车停在外面又不放心，这时他们就会想到如果有个驾驶员来开车把自己送回家就好了。

不久前，公司试着向老客户介绍代驾服务，不料生意异常的好。据了解，来请代驾的多是一些公司的经理或中层管理人员。有趣的是他们中间不少人在吃饭之前就料到自己会多喝,早早便做了预定。

现在这个公司已经拥有 100 多位代驾师,他们分布在全市的各个区,只要客户一个电话,离他最近的一名代驾师就立即出发,赶到指定地点。

代驾师除了被要求要有较为熟练的驾驶技术外,还要有很高的道德素质,因为他要保证酒醉的客户、车子和其他物品安全到家。为了避免纠纷,公司要求代驾师出发前让客户的朋友查看并登记一下物品,人、车、物安全到家后,需其家人确认。

代驾师的工作时间一般都在晚上 8 时以后,甚至凌晨,活虽辛苦,但收入颇丰。

在该公司印制的代驾服务卡片上看到,23 时以前,根据路程远近每次代驾服务费为 150 元、200 元、300 不等,一旦过了 23 时,价格还要增加 20%。

适合人群:驾驶技术较为高超的农村打工青年,最好有驾驶高档车辆的经验。

注意事项:从事代驾这个职业一定要有良好的道德修养,因为你经常面对的是没有一丝防范能力的醉酒顾客,他们的财物可能就在伸手可及的位置。

九、市场侦探：大有可为

“市场侦探”是一种专门从事打探市场行情的职业，一不需要技术，二不需要资金，只要有灵通的消息就可以了。它特别适合那些时间充裕、目光敏锐，具有商业头脑，但又无资金从事经营的农村进城打工者。比如：电脑市场上的许多配件如内存条、CPU 价格浮动较大，可以说一天一个价，很多经营者都担心行情吃不准。不进货看着市场火爆，心里发痒，进货又怕万一卖不出去，或行情降下来，货窝在手里，不但赚不了钱，还积压了资金，这时只有依靠“市场侦探”，按他们提供的信息掌握进货的尺度及定价标准。一旦货买得好，赚了钱，可按约定的条件付给“市场侦探”报酬。“市场侦探”可以同时服务多家公司，每天收入颇丰。

张某原来在一家企业打工，2000 年底他被辞退了，一时没有了工作的他很是苦恼。一天，他去拜访一个在企业当采购员的朋友。那位朋友对他说：“如果有人能够提供一些产品购销信息，我们付一些钱也非常愿意。”说者无心，听者有意。第二天他便充当起了不用投资一分钱的“市场侦探”。他白天骑着自行车奔波于企业和一些大市场打探各种产品的市场行情动态，在报刊亭的杂志、报纸上寻找有关信息，晚上回到出租房，一有空就坐在电视旁观看本地、本省的图文电视。没想到，当他收集到很多产品的市场行情动态，并打出

"市场侦探"的牌子后，就有一些需要产品信息的单位来找他，买走他们所需要的信息。没过几天，张某的生意便开始火了起来。通过两年多的"运转"，张某已固定了一批客户，现在有些单位已与他签订了长期提供信息的协议，张某的"生意"越做越火。

刘某是农村青年，进城后在一个大型超市打工，每天与各种商品打交道，渐渐地对流行的商品价格、销售量等情况了如指掌。一家新开张的大型超市想聘用市场侦探，专门收集其他超市各种商品的价格供自己定价时参考。小刘听说这事后马上跑去应聘。果然，凭着对超市商品的了解他顺利地被录用了。

以后的日子，他整天出没于本市的各大型超市中，将多达数十种商品的价格记下来。这样，他每天都可以将大量的商业数据提供给自己的公司，使公司在促销战中常常立于不败之地，他经常受到公司的表扬，收入也有了极大的提高。由于小刘天天接触大量商品信息，他还向公司提出一些好的点子，所以，后来他被提拔为公司的销售副经理。

适合人群：由于市场侦探工作性质单一，收入不高但相对稳定，所以适合长期在市场中出没的打工者。

注意事项：据从业者介绍，虽然"市场侦探"在业内已是一个公开的竞争行为，但目前还是暗中操作，所以有时需要装成是消费者，以免遭营业员的"白眼"。

十、为别人跑腿：也是一种赚钱的方法

现在空巢老人增多，老人们由于身体、知识等方面条件的限制，特别需要人们的关心和帮助，这也为社会提供了一些就业机会。比如，为老人打扫房间，洗澡，做饭，替老人写信，陪老人聊天，上门做老人的家庭医生，为老人理发等，包括替老人操办红白喜事，都是既有善心又有一定经济收入的事情。

大张是个勤快且热心的人，他到城市打工已有数年，还把农村的老婆、儿子接来，虽然日子过得不宽余，但一家人也和和美美。

一天，邻居老宋一家出外旅游，家里没有人照看，就委托大张，大张将老张家的金鱼、宠物狗还有名贵花草照看得井井有条，让老宋非常感激。于是，尽管大张一再推辞，老宋仍执意付给大张100元辛苦费。

邻居里老人不少，所以大张免不了经常帮老人做事，什么交水电费、看医生、给小猫小狗配种、维修等等。大张说，其实一开始，他只是因为热心，并不是把做这些事作为职业，毕竟人总是会老的，许多事就不如年轻时那么利索，因此，他总尽心尽力地把老人交待的事儿做好。有些事看来很小，但是对于退休在家的老人却是非常大的事，因为老人的活动圈相对较小，每个细小的事都容易刺激老人脆弱的神经。许多年轻一辈的人觉得老人不可理喻，一丁点大的事也容易烦恼，而且

爱唠叨，不爱理他们。而大张自己已 40 岁了，因此，他理解老人的心，也愿意和他们沟通。这使老人们不仅把他当作自己的帮手，而且当作自己的家人、朋友。

大张说，一开始自己也不想要老人的钱，但是他们执意要给。现在的老人一般经济条件还不错，有退休金，有儿女的“孝敬”。另外，老人一般不愿占别人的便宜，或者说不愿意欠别人的人情，他们觉得干活就要付酬，不收他们的钱还会被认为看不起他们，以为他们经济情况不好，而这些都是老人非常忌讳的。尽管大张每次帮忙都不会提钱的事，但老人都会主动支付，而且大多还会比市场价高。这时大张就会只收市场价。由于帮助老人做事经常耽误自己到外面打工，所以他索性整天在家里专门帮人跑腿，他写出他能代办的各种杂物事，以及收费标准，然后分发给胡同里的老人，还安了一部电话，方便联系。大张在老人圈里声誉很好，别的胡同里也有老人打电话来让他做事，这样他每个月的收入比打临工时赚得多了，而且大张还获得了“关爱老人”的好居民称号。

适合人群：有爱心，腿脚灵活的青年打工者。

注意事项：平时应加深对小街小巷熟悉的程度，了解各种便民商店或超市的位置，了解各种为老人服务机构的地址，这样才能快捷地帮老人办各种各样的事情。

十一、做个送报郎：辛苦赚钱

在城里的打工者，由于背景等原因，特别是在开始进城的前一两年，打工内容除了建筑行业、餐饮业外，还可以考虑不需要什么经验和经济的送报、卖报工作。

送报需要到报刊发行公司报名，如果被聘用了那么一般会接受几个小时的培训，了解送报的程序、要求。在开始送报的前两天，会有专职送报人或这一路线的前任带着熟悉业务和路线，以后就全靠自己了。送报配有专门的行头：褂子、背包、自行车，如果是送早报的话，还会发放一个小手电。最关键的东西是一本印着订户的姓名、楼号、房号的小册子。有些册子里面还注明了订户的特殊要求，比如有的要求把报纸送到家里而不是投进报箱里，有的要求在某一时间前送到，等等。因为奉行顾客至上，服务第一的原则，如果订户不满意，马上就可以打电话投诉。订户的信息常有变动，例如：某订户取消订阅；某订户要求在自己外出的一周内取消订阅，一周后又恢复订阅；某订户临时增订某份报纸等等。这些都需要把有变动的订户情况记在小纸条上，然后参照执行。所以送报不是简单的把报纸放在邮筒里就完事，其中有不少繁琐的工作。

当整个城市都还在沉睡中，送报人就已经在风雪中“其乐无穷”地与天斗与地斗了，所以，想当送报人就不能怕吃苦。

下面我们来看一看送报人罗小骏的一天。罗小骏送报的第一步是到指定的报点取报纸。他送的是早报和日报。由于报纸竞争异常激烈,所以不管早报、日报、晚报通通一大早就会与读者见面。所以,小罗不得不早上4时就起床,5时前赶到分销点取报。领齐了各类报纸后,还不能马上开始送报,得先按照接到的临时通知把情况有变的订户调换到订户本里,以免分送时出错。准备工作做好后,送报工作才正式开始。如是严冬的半夜,放眼望去,除了雪还是雪,除自己以外惟一可见的生灵就是那在雪上飞飞停停的不怕冷的喜鹊。路灯发出的光因为飞扬的雪团而变得闪烁暗淡,这是送报人在这漆黑的夜里惟一能感受到的光明和温暖。如果仅仅是下雪还不算什么,最可怕的是风雪交加的天气。一阵阵的寒风把密密实实的雨和雪不断地拍打在脸上,又冷又疼,让人睁不开眼,看不清路。风时不时把帽子吹开,把围巾吹散,可这时已经已顾不上自己了。因为风会一下又一下把盖报纸的塑料布掀开,雨雪一旦飘到报纸上,水迹就会迅速蔓延开来。如果只是表面上的一两份打湿了,那还没什么要紧,因为报社考虑到这些不可抗力,所以一般比实际需要的数目多准备了几份。可如果这时不赶紧把塑料布盖好的话,雪水一多,很快就会渗透下去,打湿下面的报纸。倘若遇到风不停的把塑料布掀开的情况,那就得一次又一次地停下来把报纸盖好。保护好报纸是至关重要的，因为要是多打湿了几份报纸，再遇上比较挑剔的订户，那就很有可能遭到投诉，然后就会接到要求改进的通知，甚至被主管人员找去谈话。

如果是一直在平路上走，那还不算什么。可如果还得爬坡上坎，那就真是雪上加霜了。因为积雪的阻力，在平路上推车都很吃力，走几步就得歇一下。遇到路面结冰的情况，又得当心脚下或车轮打滑。这时若要爬坡上坎的话，装满了报纸的车是很难推得上去的。惟一可行的办法是把报纸取出来，一摞一摞地抱上去。抱的时候要拘着身，以免雨雪把报纸打湿。把报纸抱上坡后，找个背风的地方，垫上塑料布，再用塑料布把报纸盖好，上面压一块石头什么的。然后又下坡取报纸，再上坡。这么反复上坡下坡，直到把车腾空，再转过身，倒着把车拖上坡。下坡推车的姿势则不一样。如果坡面上全是冰的话，推车的要领是车在前人在后，拉着车身体往后倒，稳住车，必要的时候把车往后拽拽，要不然车就会唰唰唰地直往下滑，如果重心不稳，人都可能被拖下去，根本煞不住脚。把车拖上坡后，再把报纸一摞一摞放回车里，然后继续前进。

爬完坡上完坎，终于到了订户的楼前。不少人在没有送报之前，还以为送富人区挺高级的。一旦进入送报行当了，才知道最好的是送公寓楼。因为公寓楼订户集中，另外一个优点是工薪族一般都很宽容，即使送报中出了什么小差错，比如报纸被打湿了些，或是稍有破损，一般都不会遭到投诉。而富人区就不一样的，每一幢别墅之间距离较远，这还不说，他们中一些人自恃高人一等，对打工者过于挑剔，如果发生报纸破损情况，往往会进行投诉。

倘若能顺顺当当回到家，那就算是成功地完成了一次光荣而艰巨任务。怕就怕在送报的过程中出什么意外，比如说：内急。在住宅区或公寓区是没有公厕的，一旦出现水火不容之事，那就麻烦了。就算是事前做了种种准备，例如送报前一日晚上不吃不好消化，太过刺激的东西，送报的当天早上不喝水，仍然很难避免在几个月的送报期间不遇到一次有想法的情况。

所以说送报的辛苦和心酸是一般人不能体会的。等顺利、按时送完报回到家时，外面的衣服常常被雨水雪水湿透，内衣则被汗水湿透。不过心里挺高兴的，好歹自己又坚持了一天，而且还会坚持下去。等换洗完，吃点东西，再稍微休息一下，一般就已是 8 时过了，一位外国名人的名言："劳动使我的每一天都像节日"。要不是看在挣钱自立的份上，恐怕没有谁愿意半夜就起来过"节"。

那么送报的报酬是多少呢？一个月 500 元左右，这个数目听上去还可以，因为早上 8 时多就完工了，剩下一整天的时间又可以打一份别的工，但如果想想劳动本身的强度，工作环境的恶劣程度，以及所付出的艰辛，这个收入实在不算什么。

适合人群：进城谋生不怕吃苦的打工仔。

注意事项：掌握所送报纸的位置和订户的基本情况，尽量在第一时间将当天报纸送到订户手中。对老年订户还应投递到家，总之，要有一颗为订户热情服务的心。

十二、新闻线人：新职业新经济

新闻线人是一种以专门提供新闻线索获取酬金为谋生手段的新职业。被誉为中国第四城的成都近些年来传媒竞争异常激烈，独家和第一现场新闻能够吸引更多读者、观众的视线，它成了各家报社、电视台的争相获取的第一目标，于是各家报社、电视台纷纷打出有偿征集新闻线索的口号。基于此，一种以专门提供新闻线索获取酬金为谋生手段的职业新闻线人也就应运而生了。

来自农村的黄兴充当职业新闻线人已近半年，初来成都求职无门的尴尬已一扫而空，现在的他自言活得无拘无束。他每天都在城内各大医院、派出所以及繁华场所转悠，一发现新闻线索马上通知报社和电视台，见报或播出后就去领取报酬。3 个月来，黄兴捕捉的新闻线索已有 50 多条被市内多家报社、电视台采用，所获报酬从 30 元到 800 元不等。一个月，约挣线索费 1 500 元。

另外一个来自乡下的阿军，原是穿梭于郊区大街小巷的一名摩托车拉客仔。一次，拉客途中他碰巧目睹了一场车祸，他给一家报社报料后获得 100 元报料奖，从此改变了他的命运——他成了一名专职新闻线人。一开始，他还是以摩托车拉客为主业，同时充当兼职新闻线人。一段时间后，他利用当“摩的”司机的先天条件，结识和培植了一大批“新闻耳目”。短短一年多时间，由于他接连报出了七八个新闻猛料，被多家报社的记者当作朋友，还被誉为“民间记者”、“报料大王”。现在，他的报料月平均收入已达上千元，成了一个名副其实靠报料为生的职业新闻线人。

适合人群：新闻线人适合于那些腿脚快、有一定文化、具有新闻素养的中青年打工仔。

注意事项：做新闻线人也不难，既不受学历的限制，也不需要一技之长，关键的就是要关系广、信息灵、有新闻敏感性；其次是要腿脚勤，得常年奔走于那些最易获得新闻线索的各大医院、派出所以及繁华闹市等单位和场所；再有就是得有为新闻事业而不惜卧底甚至献身的精神，一旦发现有价值的新闻线索，就要以最快的速度及时通知报社和电视台。

十三、文字打工：体面职业

小孟高考落榜后，毅然走出家门来到深圳打工。几年的打工经历让他这个爱好文学的青年很有感触。于是他便想提起笔将在打工过程中遇到的不平事写下来投给报刊，以提醒所有的打工者——当自己的合法权益受到侵犯时，不要一味妥协退让、逆来顺受，而应该勇敢地拿起法律武器，与之作斗争。

小孟是一个从未投过稿的人，开始时不知道该怎样行文，但出于一种强烈的倾诉渴望，经过好几天的努力，终于写成了一篇洋洋洒洒近万言的文章，送到报社后，经编辑老师的认真批阅删改，终于变成铅字发表出来。收到样报的一瞬间，他兴奋得忘乎所以，几乎就要跳起来：呵，我也能写文章，也能在报刊上公开发表自己写的东西了。

从此，他心中有了一个明确的人生目标与努力方向——勤奋写作、自学成才，努力成为一名对社会有益同时也受人尊敬的“玩笔杆子”的人！

工余笔耕，他渐渐找到了感觉，以后他又换了一份工作，到一家塑料厂打工，这里的工作较轻松，他得以在工余从事自己的业余文学创作。

由于文章切中时弊，说出了打工者的心声，所以小孟的文章不时见诸报端，然而，令他始料不及的是，麻烦事竟也接踵而来，使他因此而被老板扫地出门，甚至差点血溅街头。

小孟所在的这家工厂有条不成文的规定——员工下班出厂门要进行严格的检查、搜身，发现谁身上带有哪怕一丁点的公物，就会受到极严厉的惩罚，轻者挨打、罚款，重者在全厂员工面前被皮鞭抽打，然后送派出所。有一名员工因为想把维修用的螺丝刀拿回宿舍修一下东西而被抓到，罚了几十块钱，还险些被保安揍，这使小孟非常愤怒，就写了一篇名为《老板,请善待你的员工》的文章,投给了一份报纸。

文章发表后,在厂里掀起了轩然大波,员工拍手称快,老板则气急败坏,把小孟叫进办公室,拍着桌子骂道:“你活得不耐烦了是不是?敢写这种文章,以为我没办法收拾你吗?告诉你,别说你这个样的,就是真正的记者来,我也不怕,你等着吧,我会让你后悔的!”

小孟说:“老板,你别发火,我写这篇文章并不是针对你的——在广东这片土地上,有很多老板对员工都不怎么样,再说,我的文章也并没有什么错,所写的都是事实,没有一点虚构……”“好哇,你倒教训起我来了,我是老板,高兴怎么做就怎么做,你管得着吗?不这样,他们还不把我的东西偷完?你别以为会写几篇文章就很了不起,你在我这里打工,干着轻松的活儿,还在背后搞我的鬼,到底想干什么?”老板勃然大怒,手指头几乎点到小孟的额头上:“你这样的人,我不能要,你还是趁早给我滚得远远的吧!”说完,“啪”地一声,甩给他一个工资袋。小孟知道再说下去也是徒劳,这种老板是不会把员工的利益放在心上的,他不是不懂法律,而是根本没有按法律办事的规矩与习惯,根本没有把法律放在眼里,和他是讲不出什么理的,因此,小孟就收起工资袋,收拾好行李,准备走人。

工友们听说后,纷纷前来为他送行,依依不舍地道别。小孟提着行李,向汽车站走去。快到车站的时候,忽然有个工友追了上来，气喘吁吁地说："快别去车站了，老板找了几个烂仔，等在那里打你呢！"

小孟大吃一惊，随即又感到无比愤怒，心想这还是人做的事吗？就骂道："他妈的，我找他去，看他能把我怎么样？"工友们赶紧拉住他说，好汉不吃眼前亏，咱们打工仔是斗不过老板的，还是忍一忍，在这里"打的"走吧！小孟拗不过他们的好意，再一想也是的，找他也斗不出赢来，只好拦了一部"的士"，离开了这个是非之地。

离开那家工厂以后，为了找工作，小孟又去惠州、珠海、汕头等地，但结局都不尽如人意，因此，他就回到广州，决心在这座充满机遇的城市里发展，寻求一个能圆自己文学梦的良机。

广州生活着为数不少的自由撰稿人、职业写手，报摊上摆卖的林林总总数十种报刊杂志，就是他们收获自己（脑力）劳动果实的巨大场地。据说，一个出色的写手，不仅能在这里生存，而且还能够在这里发展，凭一支笔养活一家人。

这让小孟非常兴奋也非常激动，怀着对未来日子无比美好的憧憬，他决心在广州停下自己流浪的脚步，扎下根来，让自己成长为一棵能沐浴到阳光的树。

2000 年 7 月开始，小孟成了一名真正意义上的自由撰稿人，开始了没日没夜、没黑没白的写作，每天除了吃饭、睡觉及略微放松一下自己的散步之外，几乎全部时间都用于写作。那段日子，他感到了一种从来没有感受过的淋漓尽致的快感——只要坐在桌前，铺开稿纸，就立即文思泉涌，一发而不可收，不把手写酸、写痛，就无法停下，创作速度之快，连他自己都感到吃惊。

就这样，凭着自己不歇不倦的勤奋与努力，小孟创作出了大量的作品，在《广州日报》、《南方都市报》、《深圳特区报》等各大报刊上发表了数百篇文章，成了个小有名气的"写手"。正当他写得天昏地暗、乐此不疲时，机遇开始来敲门了——一份报纸的娱乐周刊需要招聘一名文字编辑，要求发表过作品、有一定的写作及采访能力，三年以上工作经验。得知这个消息，小孟按捺不住内心的激动，带着自己发表的作品及精心准备的一份简历，前去敲开了这家报社的门，结果，经过严格的面试、笔试，他从数十名应聘者中脱颖而出，成了一名值得骄傲与自豪的编辑人员，完成了自己打工路上从梦想到现实的角色转变。

入职编辑部以后，老总根据小孟的经历与身份，特意为我开设了一个新的版面——打工版。小孟充分发挥自己的写作与选题策划能力，策划出了一系列的专题文章，受到了读者们的欢迎，证实了自己在这方面不懈努力的结果与由此锻炼出的工作能力，使他感到了一种由衷的快乐与幸福——虽然打工的身份依然未变，但所从事的是有意义而且自己热爱的工作，并能为千千万万个打工仔打工妹送去他们喜爱的精神食粮，使他们从中得到启发、教育与收益。

如今已担任编辑部副主任一职的小孟，每每想起这些前尘往事，想起自己走出家门在异乡的土地上摔打滚爬所经历过的酸甜苦辣，就不由从内心深处涌起一股冲天的豪情——我骄傲，我是一名年轻的打工编辑——在这片异乡的土地上，我实现了自己的人生梦想！

适合人群：有较高文学修养的打工仔。

注意事项：做职业的文学打工者绝对是不容易的，所以如果你有文学方面的爱好，不妨先在业余时间练笔。平时要多看报刊，了解各类报刊的办刊思想，这样才能创作出适合对方的文学作品，有针对性地投稿，增加命中率。待作品发表有了一定数量便可以像本文中小孟一样到编辑部求职做一个专业的文字打工者。

十四、短信写手：无本赚大钱

2003 年中国国内手机发送短信数达到 1 500 亿～2 000 亿条，占全球短信发送条数的一半。在 2003 年春节期间，手机用户人均短信发送量已超过 40 条，仅在中央电视台的春节晚会上，发向晚会的短信就超过 1 300 万条。而 2000 年，国内手机全年发送短信总数为 10 亿条，2001 年上升为 189 亿条，2002 年达到 900 亿条，2003 年短信条数翻番的理由完全成立。

另据 2003 年国内三大门户网站的季度财务报告显示，

“短信经济”已经成为网站赢利的主要经济支点，短信收入均超过了网站营业收入的50%。

如此庞大的“拇指族群”，在推动短信经济发展的同时，也催生出一种新职业：短信写手。如今，通过手机互发短信消息已不鲜见，每到春节、情人节等各种节假日，各种问候、祝福的短信更是满天飞，设计制作这些手机短信的人，正是那些隐身在幕后工作的大批短信写手。目前，大多数短信写手并不受聘于网站，而是写了贴到网上，或者批量贩卖给网站。短信写手以兼职为主，因此写手的专业背景也很复杂，只要对此有爱好、有灵感，就可以成为其中的一员。“写手”还是有所侧重的，如文学底子较厚的就写祝福、传情类的短信；性格开朗、观察力强的就写调侃类的；善思辨的就写哲理性的。他们的创作灵感大多来自日常生活，有时还能从同朋友聊天的话题中获得许多启发。

虽说是兼职，但短信写手还是一个很令人羡慕、前景不错的第二职业，因为“薪情”还挺让人满意：创作一条短信最高100元，一般在30～50元，一月下来，收入高达四五千元也不稀奇，而且行情还在看涨。随着彩信时代的到来，今后单条短信的价格肯定也要飚升。

在城里打工的小赵，自考结束后获得计算机类大专文凭后便在一家网站做兼职短信写手，主要负责文字内容的收集和创作。小赵所在的这家网站，由于规模比较大，共雇用了十几名短信写手，但大家平时都很少碰面，因为每个人大部分工作时间都是在家里或网吧上网、灌水。

据她介绍，目前她编发的大部分短信都是来源于网上的各类帖子，还有些是凭自己灵感苦想瞎编的，短信内容的设计不但要充满情趣、意境，也要像其他媒介传播者一样，担负起一定的社会责任，杜绝黄色短信的传播。写短信最重要的就是要不断借鉴其他人写的短信、笑话、网络小说，以及时下流行的各种都市话语，不然脑子很快就空了。比如："你在想我吗？你真的在想我吗……如果你真的想我，就应该告诉我，否则我不会不让你想我的，大家讲道理嘛！我也想你！"像这种友情类短信，虽然明显流露出《大话西游》的影子，但是在网上还是大受欢迎的。

现在，小赵大部分时间都是在网上度过的，除了寻找经典语句，有时还会在各类论坛、BBS上灌灌水，还要看看其他网站推出的最新短信内容。

而小赵的同学小陆则对制作手机画面有着浓厚的兴趣，于是日常工作之余，他经常为一些网站的手机画面做自由撰稿人。

小陆最初开始搞手机LOGO，只是觉得好奇和好玩，于是便试着从网上下载一些相关制作软件，自己随心所欲地画一些喜欢的图形，然后当作礼物送给其他朋友们使用，慢慢地得到大家认可后，便开始逐步朝专业"手机画家"发展。

据他介绍，手机 LOGO 分待机画面、屏幕保护画面和区别来电显示的分组画面，根据手机型号的不同，又有十几种尺寸规格。创作手机 LOGO 有严格的尺寸规格限制和线条简单的要求，以保证很小的画面能让人清晰地看出画为何物。下载量则是衡量手机画家水准的最有力证明。

小陆说，其实干这行并不难，懂电脑、有一定美术基础的人，很快就能上手。就像广告设计一样，如果有灵感、有创意，十几分钟就可以自创一幅单色手机 LOGO，而修改编辑一个手机 LOGO 只需五六分钟，而收入则较为可观，一般一幅大图可以卖到 200 元左右。

适合人群：有一定计算机知识和文学、美术修养的务工者。

注意事项：创作的短信应该是健康、活泼、幽默，充满对人生的激励和对未来的憧憬，因为那才是真正的时尚，才能广为流传。短信产品本来就是为了让人际互动更紧密，让社会更充满温情才出现的，短信写手有责任做到不危害公共利益和个人的隐私权，并不断提高自身的素质。

十五、职业侃价人：侃出事业一片天

专帮买主“侃价”的“侃价人”是目前在许多专业市场涌现的一种新职业人，他们以此抽取佣金，收益丰厚。

郑州建材市场门口来自某地的李先生因没与卖方谈好价

格正往外走，突然被一姓王的“侃价人”拦住，向他保证把价格侃到最低点，但被“侃”下的价格部分，须提取30%的佣金，李先生同意。李先生要买40平方米的地板砖，卖主刘老板要价每块31元。李先生出价到每块25元，而刘老板说最低价每块28元，少1分也不卖，于是没有达到交易。他们返回后“侃价人”王先生上阵。只见王先生口齿伶俐，胸有成竹，他报出这种地板砖的批发价每块18元，即使按每块22元成交，刘先生也赚了一把。经过几番讨价还价，刘老板终被说动，对方最终以每块22元成交。这样，按原来28元最低价，买主李先生节省了近1 500元。王先生则抽取佣金450元。

吴晓娟，河南省郸城县人，2000年高中毕业后，南下广州打工，进了一间广东潮州人开的餐馆当服务员，整天干些擦桌子抹板凳的工作，日子过得平淡而乏味。

由于前来就餐的不少是讲白话（广州方言）的客人，所以，工作要求她必须要会讲白话才行，幸好，电视台、广播电台每天都播出白话节目，通过这些渠道，她很快学会了讲白话，在工作中开始游刃有余起来。

然而，令吴晓娟没有想到的是，一个偶然的机会，她竟然利用自己满口流利的白话帮助了别人，同时也为自己找到了一条生财之路……

那一天，吴晓娟工休，想上街买件衣服，就来到广州著名的“步行街”——北京路上。那天天气很好，她信步走来，心情非常舒畅，不知不觉来到了一家商场门前，虽然明知道里面的东西自己买不起，但还是抑制不住好奇，进去东游西逛、大开起眼界来。

正逛得高兴，忽然，她听到前面有个人用家乡口音问一件衣服的价格，但卖衣服的大妈夹生的普通话却让顾客无论如何也听不明白：“擦百唔十蚊呀件（七百五十元一件），擦百唔十蚊呀件！”听得顾客满头雾水，几乎发起脾气来。同时，大妈也听不懂顾客说的是什么，只是望着他生气的样子用手比划着干着急。见此情景，吴晓娟急忙走上前去为他们做起了翻译，用家乡话告诉顾客那件衣服750元，然后又用白话告诉大妈太贵了，能不能便宜点。

在她的翻译下，那位到广州办事的河南游客顺利地买到了衣服，而且侃得便宜了200块钱，事后，他高兴地向吴晓娟道谢，并执意送了100元小费给她。

结果吴晓娟用家乡人给的这100元钱，为自己买了身漂亮的衣服，回来后工友一致赞叹，说她真聪明，既帮老乡买到了衣服，又挣到了钱，一举两得。但在这时，她还没有意识到，帮人侃价也能成为自己的一种谋生手段，只是将之当作一个特殊情况下的特殊际遇罢了。

不久后的一天，广州一家电视台播出了一个关于城市新职业话题的节目，说北京、广州等地出现了一种名叫“侃价小姐”的新行当，看过这则报道，吴晓娟恍然明白——原来，自己无意之中竟当了一回“侃价小姐”，并领到了合理的报酬，禁不住高兴得手舞足蹈起来。

但是，看到电视中介绍的“侃价小姐”个个衣着光鲜，收入不菲，联想到自己每天这么辛苦地打工，每个月却只能领到几百元的薪水，买件新衣服都要下很大的决心，吴晓娟心理不平衡了，她想：论相貌，我不比人家差；论心眼，我不比人家笨，凭什么人家就能赚那么多钱？就想跳槽出去，当一名电视上说的自由自在的“侃价小姐”，凭自己的口才和掌握的白话技能找饭吃，就不信别人能做的我就做不来！

但是，毕竟只是一个外来妹，在想跳出去“单干”的时候，不得不考虑一下自己的后路——万一失败了，该怎么办呢？没有了安身之所，也没有了固定收入，在这个举目无亲的城市里，该怎么办呢？她犹豫了几天，想来想去，最终想出了一个折中的办法，那就是该上班时继续在餐馆上班，下班后和工休日到商场去专找有需要的顾客当“侃价小姐”。

适合人群：到城里打工的青年男女。

注意事项：职业“侃价人”虽不用投资一分钱，但必须信息灵通，对所帮助侃价的物品其质量、行情、市场价格应了如指掌，这样才能既不让老板失去生意，也不让买主吃亏，两边都欢喜。

十六、专业道歉人:甜蜜的事业

日前,国内某些大城市出现了专业道歉人,他们专为一些闹了别扭却彼此不好协调的人提供专业服务。比如夫妻之间、朋友之间以及同事之间等。

阿蓉来自“天府之国”四川,文静却又不失泼辣。说起当专业道歉人的起因,她至今仍记忆犹新。那是2002年9月的一天,因为一位同事给客户错发了一份传真,在接到客户的投诉电话后,来自台湾的上司不由分说就对身边的一位女同事发起了火,这位女同事被搞得莫名其妙,委屈得当场哭了。事后经了解,发现是另外一位同事所为。这下,台湾上司很没面子,想道歉却又拉不下脸面,于是委托阿蓉代为道歉。当阿蓉把上司的歉意转达给这位女同事时,女同事的脸色这才由阴转晴。事后,上司为表示感谢和诚意,还专门请她们喝了一次咖啡。

后来,善言多情的阿蓉便经常接到同事、朋友的邀请,请她充当“亲善大使”帮助给他人道歉、赔礼,在阿蓉娓娓道来的解释和道歉后,受委屈的一方心理得到了抚慰,不满情绪得到了释放,这时阿蓉又将对方的苦衷或发火的原因一一叙述,让大家对对方都有一定的理解,她则起了一个调解人的作用,这样往往双方便冰释前嫌,握手言欢。

后来阿蓉萌生了创办专业道歉公司的想法。开业那天,她的道歉公司的电话几乎被打爆。目前,阿蓉的公司已有18名员工,还购置了两台业务用小车。谈及未来,阿蓉充满信心地说:"道歉既是一种学问,也是一门艺术,它不但要求道歉者具备丰富的人生阅历和礼仪知识,更重要的是要表现出一种发自内心的真诚的流露。每当看到客人在道歉之后冰释前嫌,握手言欢,那种感觉真是比吃了蜜还甜。所以这是一项甜蜜的事业。"

合适人群:有亲和力的女性打工者。

注意事项:要注意语言表达能力的培养,在对待有情绪的道歉对象时要察言观色,不要激化矛盾,要耐心劝告,争取达到满意的效果。

十七、租房经纪:安居向导

如果你是一个刚从农村到城里找工作的人,并且口袋里的银两已不是很足,或者说你已找到了工作,但是又想一个人独居,那么,首先得考虑的问题是找个既便宜又舒适的住处。别急,现在就有专门从事租房服务的人——租房经纪。

如果你已经在城市立足,对本城的街道、小区较为熟悉,而且对做租房经纪有兴趣,那么可以到那些房屋中介公司求职,对于房屋中介公司来说对求职者一般是来者不拒,因为求职者是没有底薪或底薪很少,完全靠居间介绍成功获取报酬。

老郑原在一家公司打工,3年前,他老家山东来了几个老乡,要他帮忙找工作。管吃管喝倒也算了,为难的是给他们安排住处。你想想,市区内寸土寸金哪,找间便宜的房子还真不容易!租房过程中,郑先生无意中有了一个大发现:城市里竟然有那么多的租房户,而且又有那么多的空置房要出租。郑先生不笨,他从中发现了商机。一个月后,他从原单位辞职了,加入了一家房屋中介公司充当租房经纪人。他在原公司附近谈下了一栋刚刚完工的三层私人住宅,共有20余间房间。然后老郑将每个房间定了一个合理的价位在中介公司挂牌出租。过了20多天,所有的房间全部租赁给了打工者。他一算,这栋房子从谈下代理仅到出租完毕,除去中介公司的提成,仅一个月时间他就赚取了4 000多元的差价!仅仅转一下手,不用每天早上8时上班下午6时下班,只需跑跑路,代客人看看房,就能轻松地赚到相当于以前上班几个月的收入,这钱也真是赚得太容易了。这以后,郑先生有了一定的积蓄,干脆辞了职,开起了中介公司,聘请了专职的租房经纪人,生意一天天地火了起来。

适合人群:对城市熟悉的打工者,年龄不限,但应具有能说会道,居间中介的能力。

注意事项:

(1)经纪人是帮助出租、受租房的客人中介者。如果是受房屋主人的委托代其出租房屋的,应具备房主的书面委托书。如果是转租,则应当事先征得房主的书面同意,否则,非房屋所有权人签订的合同即为无效，无法受到法律保护。

(2)出租方还需办理“房屋租赁许可证”。根据建设部“城市房屋租赁管理办法”的规定，房屋租赁实行登记备案制度。只有在取得房屋租赁许可证，并交纳契税之后，其行为才是合法的。

(3)公正地调停纠纷，保护出租、承租人双方的合法权益，这也是经纪人提供的服务中很重要的一项内容。所以经纪人一定要对相关的法律法规较为熟悉。

十八、劳动力经纪：引领老乡进城赚钱

外来民工赚的都是城里人的钱。然而，近日笔者在采访中发现，一些聪明的打工者却“眼光向内”，从滚滚的民工潮中看到了商机，摇身一变做起了“打工经纪人”，赚起了“自己人”的钱。

曾在某职业介绍所看到这样一个情景，一个黑瘦的男子领着十多名男青年走进来，一进门就轻车熟路地向工作人员推销起来：“这人 20 岁，初中文化，力气大；这位是安徽的，也是初中文化……”我们上前打听他的来历，男子告诉我们，他姓赵，是安徽芜湖人，3 年前到绍兴一家建筑工地打工，但现在已经不干了。我们问他现在从事什么工作，他指着身后那些打工者说：“就是带些人过来找工作，今年已经带过三四批了。”

我们了解到，像这样专职的“打工经纪人”目前在劳务市场上并不鲜见。一位来自吉林的“打工经纪人”告诉我们，他四年前到绍兴一家纺织厂工作，先是给自己的亲戚朋友在厂里介绍工作，后来托他介绍工作的人越来越多，他干脆辞了职，专职做起了“中介”。到现在已经从老家带出400多人，他的名气也越来越大，一些安徽、四川的打工者还主动找上门来，要求帮助介绍工作。

据了解，“打工经纪人”每从家乡带出一个人，都要收取一定的费用，工作介绍成功后，还能得到一定费用。由于他们多数已在绍兴工作数年，熟悉绍兴情况，也有一定的社会关系，介绍工作相对容易，因此受到外来务工者欢迎。我们问一位“打工经纪人”收入有多少，他笑笑说：“比原来打工时好多了。”劳动部门有关人士认为，“打工经纪人”在一定程度上缓解了绍兴劳动力紧张状况，对规范民工的有序流动也有一定好处。

这里再向你介绍一位湖北某乡农民杜华做劳动力经纪人的事例。杜华当过兵，在乡下跑过个体运输，2000年到深圳打工，每月挣600元钱。600元对当时家处山区的他来说是个不小的数目。

2001年底，杜华又在深圳为乡下的几个亲戚找到了进电子厂打工的工作，月薪超过500元。消息传出后，越来越多的家乡人请他帮忙引路。杜华从中看到了商机，于是多方搜集就业信息，从家乡带人出门打工，并从中收取一定费用，干起了经纪人的行当。

个人找信息毕竟有限。2002 年，杜华同深圳龙港区的一个劳动力市场签订协议，由市场提供就业岗位，他负责输送人员到深圳打工。杜华送出的打工者立即翻了一番。

杜华每年在武汉和深圳之间跑七八个来回：在深圳找到合适的岗位，同打工者签订合同，然后组织他们去深圳工作。现在，找他介绍工作的人覆盖了家乡周围的大部分村子，甚至百里外也有求职者上门找他介绍工作。

姚集镇北门村村民田力清几次出门都空手而归，杜华带他到深圳一家电子厂上班，现在他的年收入达 5 万元。田力清说，“这几年工作难找，杜庆华使我们少走不少弯路。”

当地农委办一位负责人指出，目前，武汉农村需要转移劳动力 35 万名，像杜庆华这样的农村“土经纪人”的涌现，加快了农村劳动力的转移过程，也让经纪人自己先富了起来。

适合人群：外工打工多年，有一定社会关系的打工者。

注意事项：外出打工者年年增多，但不少人出门眼茫茫，不知怎么找工作。而带工的出现，恰恰部分地解决了这个问题。有需就有供，是社会发展的必然。但是，带工出来一定要当心社会上一些不良之徒，把你所带工人拐骗去干一些违法乱纪的勾当，这样带工之人便可能充当了“蛇头”的角色，坑害家乡打工者的合法权益。

十九、艺人经纪：光明正大挣钱

做艺人经纪是目前一种较为挣钱的职业。你可以不会唱歌、演戏，不会说相声、演小品，但你也能和艺人挣的一样多，甚至比艺人的收入还要高。艺人经纪最主要的工作就是把手上的艺人像产品一样推销出去，艺人有收入了，经纪人才能从中收取费用或提成。经纪人最需要的能耐就是拥有广泛的社会关系，特别是和新闻媒体、演艺界的关系。一方面要与各种媒体的记者熟悉，另一方面还要与各种演出场所如夜总会、歌厅等的负责人，以及影视导演成为朋友。记者圈里最好有几个铁杆哥们儿，需要炒作谁了，打个招呼，经过几番炒作，艺人的身价立马倍增。经过包装、宣传之后，经纪人就能把艺人成功地“卖”出去了。

据了解，许多艺人经纪过去就是在媒体或唱片公司打工的人员，他们容易利用工作之便，认识一大批媒体记者和艺人。在文艺圈里的时间长了，有时候就顺便干点牵线搭桥的事情，一旦关系网建牢固，相中了某个艺人，就自己当起经纪人，给艺人做一些策划、宣传包装、推广和联系演出的事情。

那么艺人经纪人的收入是从哪里来的呢？经纪人的收入一般来自艺人收入的提成，大多是提两成，根据艺人名气的大小和二人之间的关系，会有或多或少的变化。一位圈内人士告诉我们：“虽然只能提两成，但做好了，一年上百万的收入是不成问题的。现在演艺圈里有'四大经纪人'一说，他们不止是一个明星的经纪人，比如李亚鹏、王学兵、梅婷的经纪人郝为，李冰冰、任泉的经纪人王京花。圈内人都知道，做经纪人，如果手里捏着一把正当红的明星，年收入几百万是很容易的。"

另外，我们还了解到，一般在唱片公司，歌星身边都还要有一个"保姆"式的助理或是经纪人，帮助歌星打理杂事，安排宣传和演出。他们的收入一般是工资加提成，其中提成是主要的收入。据说，歌星收入的20%是交给公司的，经纪人再从中提取10%。一场演唱会后，如果歌星收入十万元，那经纪人就能收入2 000元。据说某国内知名歌星的经纪人不到一年的时间就购买了一套房子，全额现金付款。而二流歌星身边的一个连助理都算不上的小跟班，据说一月也能收入上万元。

当然，还有一种经纪人专门以给歌手制作专辑挣钱。一个歌手在回忆当初来到北京发展时说，为了出CD到电台去挣名，他找了一个经纪人帮他制作单曲的CD。经纪人开口就要15万，他咬咬牙，拿出了自己在歌厅唱歌的所有积蓄。后来他才知道，一般制作一张单曲的CD，从买歌到编曲、录音、制作，顶多花5万元，就是拍摄MTV，10万元就够了。在朋友帮忙的幌子下，这位歌手就被狠狠宰了一刀。

适合人群：艺人经纪是一个并非大众化的职业，它只适合那些长期混迹演艺圈，与传媒较为熟悉的人。

注意事项：艺人经纪主要靠将手中艺人推荐出去商演，然后提取相应报酬赚钱，所以艺人经纪最需要的是拥有广泛的社会关系，特别是和新闻媒体、演艺界的关系。所以平时要多与相关人士交往，这样别人一有活动才会想到你。

二十、出售信息：也能赚钱

前面介绍的经纪人或者叫中介人是帮助牵线搭桥，有时还可利用与买卖双方都熟悉的特殊身份，当买卖双方尚不能坦诚、或者正试探对方讨价还价时，进行沟通、解释、协调，以从中获得劳务费。中介是一种标准的无本买卖，它不需要资金，而且业余时间可干。

而出售信息提取介绍费。介绍信息或者叫出售信息似乎与上面谈到的“中介”相似，其实不然。“中介人”是买卖双方的朋友，为双方搭桥，说不定还参与谈判。而出售信息不一样，他可能仅仅知道某个信息然后介绍给某个用户就得了，他一般不负责为双方交易撮合，也不按比例拿回扣、提成，只是一次性收取报酬。就是说，你要留意你身边的信息，并养成一个习惯：时刻将它与商业动机联系起来分析，就能做一个信息出售人。

小杨进城后从事了许多行业，如餐饮、娱乐、修车、中介等，虽然都是做最底层的工作，但爱动脑筋的他还是从中发现了商机：利用自己熟悉的行业赚信息钱。第一次利用信息赚钱还是无意之间，那时他已经转行做房地产中介，有一天，一位客户到他们售楼部购房，在摆谈中无意说到了想投资餐馆又苦于没有好的口岸地盘，小杨一下子想到他原来工作的那家酒楼老板由于出国定居正想转让酒楼，但还没有行动，也没有在报纸上打广告，只是告诉了部分员工这个信息，让他们先做好离职的准备。小杨就是因为这个原因才到这个新开楼盘上做经纪人的。于是他把这个信息告诉了客户，并亲自带着客户上门考查，客户对酒的位置、大小、装修等都较为满意，于是和原老板谈判，以一个合理的价格将酒楼盘了下来，开起了潮州菜馆。开业后生意兴隆，财源广进。他为了对小杨表示感谢，特别封了一个5 000元的大红包给小杨。

从这次事件，小杨发现原来信息也可以赚钱，于是他便做起了有心人，只要有用的信息他便留心记下，一旦赚钱的机会便将其出售。出售信息成为小杨业余时间赚外快的有力工具。

适合人群：能掌握信息资源的有心人。

注意事项：由于出售信息的不确定性，所以本工作一般适合于兼职从事。

二十一、做个职业经纪人：有证有照好揽活

一直以来经纪人被看作是利润高、致富快的职业，不论是

哪个行业的经纪人考试，总能引来近千人报名。其中，尤以房地产经纪人执业资格证书最受追捧。经纪人一向被称为促进市场流通的重要媒介和市场经济的“润滑剂”，涉及的领域也日渐宽泛。一项调查显示，房地产经纪人占经纪人执业人员总数的近1/3，技术经纪人也占经纪人总数的14.4%。随着市场经济的快速发展，社会需求更加细化，于是又出现了医疗经纪人、网络经纪人、气象经纪人、培训经纪人等一批新的行业种类，而且经纪人的数量还在以每年20%的速度增长。

伴随着经纪人队伍的日益扩大，问题也随之显现。特别是在比较红火的房地产行业，在利益的驱使下，出租、转借经纪人资格证书等违规行为不断发生。据上海房地产经纪人协会的有关负责人介绍，要获得房地产经纪人执业证书，必须经过严格的培训和考核，并且要符合一定的条件才能获得。然而，不少房地产经纪人在取得了来之不易的执业证书后却不珍惜，这样做的后果势必影响到行业健康有序地发展。为此，2001年5月，上海市制订并实施了“上海经纪人条例”，其中重要的一项内容就是，打破行业垄断，规定合理的市场准入门槛，并对违规行为给予严厉的惩罚。

经纪业在我国算是一个新兴行业，虽然经过几年的磨合发展，从业人员的数量在直线上升，机构组织也不断发展壮大，但是，与发达国家相比，差距依然存在。

张以彬是某房地产置业咨询公司的高级顾问，凭借多年咨询经验，他坦言，以房地产为例，现在所谓的经纪人能给买房人提供的服务，撑死了是信息方面的服务。中国真正够经纪人资格的人还很少，这就是为什么考取了“经纪人资格”，却不能独立执业的根本原因。在美国，一个房地产经纪人至少要受过4年本科教育、3年房地产经纪的培训，也就是说至少有7年专业的培训，然后才能做销售员，而这仅相当于经纪人助理，要再干3至5年后才能做经纪人。既然经纪人是客户的“高参”，那么经纪人不仅要懂房地产、建筑、法律法规、金融等方面的知识，还应该是一个谈判专家，为客户争取最高利益。而我国目前许多职业经纪人，既缺少专门的业务技能，又缺乏必要的法律知识。特别是在从事较高层次的经纪业务中，甚至出现了由于当事人缺乏经验、没有自我保护意识和能力而上当受骗的情况，经纪人整体素质不高，已经严重影响了经纪业务的开展和经纪业自身的发展。

究其原因，经纪人队伍之所以“扶不上墙”，还与经纪人制度的推广平台有关。一大批经纪人是直接认定的，更多参与在经纪公司一线的职员，距离标准经纪人的素质要求更是相距甚远。因此，尽快提高经纪人的专业素质和职业能力，已经成为目前该行业急需解决的问题。

如何划分经纪人呢？经纪人大致可划分为一般经纪人和特殊行业经纪人。特殊行业经纪人是指从事金融、保险、证券、期货、科技、房地产、医疗、气象、培训等行业的专业经纪人，必须通过专业培训，经考核合格获得专业经纪人员资格证书后才能上岗。

一般经纪人，是指从事国家允许公开交易，又不属于特殊行业的商品交易的中间商。一般经纪人的主要经济活动，就是为买卖双方牵线搭桥，从而促使买卖双方成交。

如何申报经纪人资格证书条件？根据有关规定，具有大专学历水平；具有完全民事行为能力；具有从事经纪活动所需要的知识和技能；有固定的住所；掌握国家有关的法律、法规和政策；申请经纪资格之前连续 3 年以上没有犯罪和经济违法行为。具备以上条件者，经工商行政管理机关考核批准，取得经纪资格证书后，方可申请从事经纪活动。这个资格证书是由工商管理部门核准颁发的，实际上获得的是一般经纪人的基本执业资格。从事房地产、保险、证券、期货和国家有专项规定的其他特殊行业经纪业务的，还应当具备相应的专业经纪资格证书。

目前，比较热门的经纪人资格证书有哪些？文化经纪人、体育经纪人应该算是未来的金领职业，随着文化、体育产业的蓬勃发展，该证书很有职业前途，但其资格认证非常严格。房地产经纪人则是较为红火的职业，而且报考人数一直居高不下。上海目前已经登记注册的房地产经纪人有 2000 多人，由于其收入相当可观，因此极具诱惑力。期货经纪人、证券经纪人、产权经纪人则随着国内金融市场的不断繁荣而诞生，获得此类资格证书应该算是拥有了一个镀着金边的饭碗。但其入门标准也较高,不下一番苦工夫很难获得。

相对比较冷门的经纪人证书有哪些?气象经纪人由于刚刚兴起,还需要一段时间的过渡和磨合,需要市场的认同,毕竟靠老天爷吃饭的差事不是市场和个人就能说了算的。技术经纪人是专业从事技术转让中介的。虽然我国每年都有几万项科研成果出炉,但真正能转化成功,并形成规模批量生产的只是其中很小一部分,作为经纪人,没有敏锐独到的市场眼光和较强的专业能力,成功并非易事。保险经纪人则是较有前途的经纪人之一。可以预见,我国的保险事业会有很好的发展前景,而且对于经纪人证书的要求也远远高于代理人,薪资水平更是紧追"金领"。但是目前从业人员的专业素质却令人堪忧,尽管资格考试一直进行得比较平稳,社会上却是叫好不叫座,看来只有先内部规范,达到行业自律,才有可能扭转乾坤。

二十二、专业点菜师:靠本事赚钱

亲友聚餐,客人往往说"随便,吃什么都行",点菜的难题于是留给了你。面对密密麻麻的菜谱,你难免无从下手,别急,有人帮你。近来,成都越来越多的中餐厅设置起了专业点菜师这个职位。

过去,大多数酒楼的点菜任务都是由服务员完成的,他们一边记录客人所点菜品，一边推荐酒楼特色菜。但令人哭笑不得的是，不少服务员对自己餐厅的菜品及味型一点不熟。前不久，一外地顾客点一份“家常茄子”，没想到服务员追问：“你点的茄子要加多长？”另一酒楼，某顾客点了份“担担面”，服务员又追问：“面里的蛋需不需要煎？”另外，总有服务员不断地向客人推荐昂贵菜品，或者三四人用餐却点出七八款菜来，常使客人深受“挨棒棒”之苦。而今，有了专业点菜师，点菜变得轻松愉快多了。

外貌姣好的李晴原来是一家酒楼的服务员，多年的服务让她对本餐厅的特色菜、风味菜了如指掌，自从酒楼设置了点菜师一职她便积极应聘并被老板选上。点菜师的职责是在了解客人喜好的基础上帮助客人点餐，任务则是看人说话推荐本餐厅的特色菜，对于请客吃饭追求档次的客人要努力推荐一些价格较贵的海鲜类食物，而对于一般家庭用餐则推荐一些实惠的菜肴，总之让各类顾客都有宾至如归的感觉。

“我们 6 个人，有一位不能吃辣，价钱最好控制在 200 元以内，你看怎么搭配好？”

“这样，我建议你们凉菜点笋干拌鸡脆，热菜点黄金烧猪手、剁椒蒸鲩鱼、干豇豆烧鸭掌、蟹黄豆花……”

听着点菜师李晴流利地设置菜单，几位客人频频点头。一位外地游客又即兴问起蟹黄豆花的做法，李晴也说得头头是道。果然，结账时这桌客人只花了 180 元。顾客林先生说：

“点菜师帮助我们在预算范围内，既吃到了餐厅的特色菜，又照顾到了外地朋友的口味，比起自己盲目乱点一气，显然既省心省力又合口味。”

据了解，专业点菜师在着装上区别于普通服务员，这些人多为年轻漂亮、口齿伶俐的女性，对菜品颇有研究。这些点菜师往往会根据顾客的性别、年龄、口味、身份甚至就餐目的来“量身定制”菜单。她们不仅要三番五次品尝酒楼的菜品，也要进厨房参加培训，而且还要了解菜品之外的相关知识，她们的工作仅是帮助客人点菜，并不承担上菜、倒酒的任务。新鸿路一家酒楼的老总告诉我们，他们共设置了 3 个“专业点菜师”岗位，工资收入比普通服务员高出 30% ~50%。在一些酒楼内，专业点菜师还担当着菜品解说员的职责，不仅要为客人配菜，还要一一向客人解说此款菜品的典故趣闻。

适合人群：曾在酒店打过工的外貌条件较好的打工妹。

注意事项：平时多积累与本职工作有关的一些知识，了解本酒楼的特色和风味菜品，掌握各种菜品特点和价格。还要注意菜肴之间以及与酒水之间的搭配。对顾客要察言观色，针对不同的顾客推荐不同的菜肴。

二十三、换零族：为人们提供方便

现在市场上出现了新兴的一个人群即换零族，他们以向买卖人提供“零钱”为营业手段。这些人多操着当地口音，通常拎着尼龙绸包串走街巷，街头食杂店，尤其是农贸市场是他们出没最频繁的地方。换零族对不同的店铺、不同的人，换零的价钱也不一样。换单元面值，100 元可换到 98 元；想换角币，就只能换回 96 元。据知情者透露，有的"换零人"一天可售出 1 000 元以上，这意味着他们一天有数十元纯利进账。

吴群就是"换零族"中的一位代表，她原来在成都市荷花池市场帮人搬运货物，但繁重的体力劳动让她力不从心，于是她开始考虑回家从事田间劳动，无意间她听见市场中出售小商品的老板由于没有零钞而无法和别人做成生意而不停抱怨时，她感到这是一个机会。她不动声色地到市区里的公共厕所收费人那里换了大把零钱，而这正是守门人所希望的，因为他们正为每天收到的大笔一角两角零钱发愁，所以他们甚至愿意以 102 元的零钱换 100 元的整钱。

吴群带着一塑料袋零钱回到荷花池市场后，得到了意想不到的收获，当她试探着问一个老板要不要换零钱时，老板立即高兴地答应了，而且愿意用 100 元整钞换 98 元零钞。半个小时后她从市区换回的 500 元零钱就全部出手了。这样一进一出几小时内她就赚了 20 元钱。

吴群高兴极了，从此她找了致富的门道。

适合人群：来自农村的有一定从商经验的中年妇女。

注意事项：最重要的是要掌握对假钞的识别方法。最好有一些熟识的老顾客，这样就会减少收进大额假钞的机会。

二十四、方言翻译:双方勾通的桥梁

中国许多地方都有自己的地方语言,比如粤语、闽南话等让外省人很难听懂。由于现在人们交往越来越多,所以方言翻译就成了一种新的职业,它起到了勾通双方的桥梁作用。

湖南省隆回县邱某到广州打工已 5 年了,最初是在一个矿山工作,同他在这里工作的民工来自五湖四海,他发现这些民工由于方言不同,有时很难沟通,交流困难。他想,广州外地人多,如果会讲各地的方言,做个方言翻译,那肯定能赚到钱。于是他便开始留心学起了方言,很快便熟练地掌握了湖北、贵州、广东、湖南等地的 10 多种方言。2000 年初,他辞去了矿山的工作,专门在广州一些水果蔬菜市场帮人做"翻译"。在蔬菜市场南来北往的客商很多,买卖双方都很乐意给他一笔劳务费,让他充当方言"翻译"。不久邱某便拥有了很多固定客户。现在他一天到晚,凭着一张嘴,忙得不亦乐乎,月收入已达到 3 000 元左右,是矿山打工时工资的数倍。

适合人群:长期在方言地区打工的外来妹。这个职业并不适合年青的男姓青年,因为许多人对突然冒出的所谓男性翻译会有戒备心理。

注意事项:熟练地运用两种或多种不同的方言是打好这份工的关键。另外在帮助双方翻译的同时,要努力促成双方生意上的合作,他们有赚钱,才能收到报酬。

二十五、餐厅厨师：高薪行业

在传统观念中，餐厅厨师并不是个让人羡慕的职业，他们是"伺候人"的，收入不高，文化素质低下，浑身都是油烟味。

但随着餐饮行业的发展，厨师早已不是人们想象的那样了。他们的文化水平普遍提高，手艺高超的厨师不仅能用平凡的材料烹制出美味，还可以著书立说。厨师的收入也大大提高，比普通工薪阶层还要高，人们戏称他们为"油烟中的白领"。

人们喜欢把手艺高超的厨师称为"大厨"，到底什么样的厨师才算大厨？一般来说，从事烹饪工作年限长、有绝活、有一定名气的厨师才堪称大厨。在酒店里，大厨的地位仅次于经理，主要厨师还被列入管理层中，酒店里的上上下下，包括老板，都对他们恭恭敬敬。

按惯例，在大型酒店中，大厨比例占厨房员工的1/3左右；中型酒店各有三五个大厨不等。目前在武汉各酒店工作的大厨多半是湖北厨师，他们的月平均收入在3 000元上下。

在一些地方，大厨计算工资的方式一般分两种，一种是固定工资，根据厨师的手艺、服务年限等确定固定的工资数目，这个数目由老板说了算；另外一种是提成制，每位厨师有基本工资，奖金部分根据其工作量决定。在酒店里，一般每位厨师只负责几道菜肴，如果这些菜受欢迎，厨师的工作量就大，奖金也高。

过去由于一般餐馆规模不大，厨师收入不高，社会地位也较低。有的人甚至认为“不到万不得已不学厨师”。老刘当时改行做厨师时，就曾遭过家人的责骂。年轻时他在村子里做会计，在那个“吃大锅饭”的年代，村里伙食团缺人，而老刘（当时应该叫小刘）自小便爱好烹饪，就主动报了名。父亲知道后，痛骂了他半天，骂他“好吃、贪吃”，但坚定的他还是到了伙食团。

改革开放以后，城里酒楼开始兴盛，先富起来的那一部分人，为精肴美食一掷千金，社会对厨师的需求也大大增加，厨师工资普遍被“炒”高了，此时，厨师的地位开始渐渐提高。老刘就是这时开始到城里打工的。

老刘虽然在家乡有掌勺的经验，而且在当地还较为名气，还经常有人请为主理办个“坝坝宴”什么的。但他到了城里还是得从小工做起，以后还需经过水台、案台、荷台这几关，才能上炉台炒菜。

当小工，要杀鱼、洗菜，别小看这杀鱼，也是一门大学问。老刘说，每个环节都有高手，杀鱼杀得好，成为这一行的“王”，身价不比大厨低。仅杀鱼的工具就有许多种，有的鱼不能用刀杀，得用剪刀甚至竹签；有的鱼得从头上杀，有的鱼得从尾部或者背上杀；有的鱼打鳞，有的不打。这些只要有一样搞错了，就会影响成品菜的口味和美观。

小工要当多久，得看你自己的表现，一般人当完小工后，会到案台切菜、配菜。也有人跳过案台直接到荷台。案台也是很重要的岗位，菜肴的各种配料、调味品、酱料都在这里配好，炒菜的厨师一般只控制盐和香料的量。

荷台是上炉前必须过的一关，这里是为炒好的菜肴妆边、配花的地方。

厨师是个需要天分和悟性的行业，从进酒店到上炉，天分高的人可能只需要一年，而学得慢的人，四五年没摸炉子的也多得很。而老刘由于有经验，又有悟性，很快熟悉了城里人的口味，所以两年不到便已经上台炒菜了。

厨房的工作环境恶劣。油烟、苍蝇、难闻的气味都不必说了，最让厨师头疼的还是温度，冬天冻死，夏天热死，在厨房设施没有改进之前，一冬一夏是厨师最难熬的季节。冬天，虽然炉灶前温度高，但水台、案台上的工作人员必须接触冰冷的水，很少有不生冻疮的。虽然厨师的社会地位提高了，但社会上有些人总不改旧社会习气，到酒店吃饭，总喜欢让厨师或酒店老板来给自己敬酒，认为这样“有面子”，这对厨师来说是一大困扰。

适合人群：有一定烹饪经验的中青年男性打工者。由于体力的原因，如果女性选择厨师这个行业，一般建议做冷盘、面点等不需要太大体力的活儿。

注意事项：老刘现在已经成为了“大厨”，作为过来人，老刘想对进城打工的年轻厨师提几点建议。

第一，不要急着进烹饪学校。很多人把进烹饪学校当作当厨师的第一步，刘厨师长不赞成这么做。他说，他接触的大厨中，初学时就进烹饪学校的不多。大部分人都是先进酒店实践，再进学校学习的，因为厨艺是个适合言传身教的学问。他建议，想做厨师的人，不妨先进酒店做学徒工，经过一两年的实践，有了"感觉"后，再进烹饪学校加强理论培训。

第二，注重交流，长见识。当厨师不能只顾埋头做菜，必须加强与同行的交流，否则很容易封闭落伍。

第三，勤奋尊师。老刘说，当初他们在酒店里跟师傅学艺时，手脚非常勤快，看到什么活计都抢着去做，整天忙个不停，很少休息。而且非常尊重师傅，把师傅"招呼"得很好。可现在的年轻人，一个个娇生惯养，怕脏怕累，师傅对他稍加呵斥，他就"翻"起来了，这样怎么能学好手艺？

二十六、"跳蚤市场"摆地摊：本小利大

老汪原来在鞋厂打工，由于是熟练工，工资较高，他便把乡下的老婆、孩子都接进了城，一家人靠他的工资过活，虽然不富裕，但小日子也过得红红火火。但那年底企业破产后，老汪便失了业，他因年龄偏大，文化低，连续找了几个月都没有找到工作，又不甘心回家乡去种田，于是去批发市场批发来一些小玩具，在市区中小学门口摆地摊做点小生意，想以此养家

糊口。但他们每摆一处，就有城管部门的人来“赶”。他说：“真不知道这摊子再往哪里摆啊！”他就像个游击队一样与城管人员周旋，但这也不是长久之计呀。

老汪终于不想省那每天一两元钱的租金而进了“跳蚤市场”。“跳蚤市场”在我国许多大中城市有之，在世界各地也分布较广，特别是在俄罗斯、德国等一些欧洲国家的大中城市几乎都有。“跳蚤市场”的特点是，不设固定摊位，谁来得早谁摆摊，摆一天交纳一天的场地费，一般每天交纳一两元。摆摊者来去自由，这种商品不好卖，可马上换另一种商品卖，跳来跳去，故而被称为“跳蚤市场”。“跳蚤市场”由于收费低，吸引了大量的经营者，其中失业者居多。也由于收费低，所卖的东西非常便宜，吸引了不同层次的消费者。因而“跳蚤市场”大多生意红火，摆摊者赚到了钱，消费者也得到了实惠。

老汪至打进了“跳蚤市场”，生意红火了起来，因为他经销的商品对路，大多是两三元的东西，既实用又价廉，所以许多打工者、城市里的低收入者都是他的常客。老汪每天的营业额都在百元以上，利润达到 30 元左右，而周末周日则更多一些，所以老汪乐此不疲，每天都是笑呵呵的，一家人也重新过上了丰衣足食的生活。

现在到城市里打工的人越来越多，就业难的问题越来越突出。这其中有相当一部分待业者没有资本开店经商，且年龄偏大、文化低、没有特长而难以找到工作。摆地摊投资少，见效快，已成为许多进城打工者的赚钱门道。但无序地摆地摊占道经营，影响交通，更影响城市的美化，因而常常被有关部门这里赶，那里撵。而“跳蚤市场”把城区随意摆地摊者聚于一起，则解决了这一矛盾。这在我国一些大中城市成为管理上一条经验。

适合人群：有一定经商基础的进城打工者。

注意事项：摆地摊本小利也小，但如果销售速度加快则也会收入颇丰。所以进货是关键，要多进一些适销对路的商品。地摊商品面对的对象一般是城市的低收入或打工仔，故出售的物品要保证低廉的价格，质量也应有保证，特别是电器用品，不要出售那些“三无”产品。

二十七、商品代销：只赚不赔

如果由于资金底子较薄没有大量钱进货，那么，代销就是小本经营者最初起步时的首选办法。对于打工者来说，由于代销不承担丝毫亏损的风险，也不占用资金，所以他们是乐意采用这种方式销售货物的。那么对于经销者来说是否就没有好处了呢？不，虽然代销经营者在初次进货时是不付钱的，但他销售完了首批货物是肯定要再次来进货的，此次来时就必定要将上次卖出去的货物付钱了。所有企业、经销商在计算生产、经营资金时，都有一个流动资金周转期，只要在这个周期内钱变成货又变成钱，那么就赚了利润。所以说，代销这种经营形式对供销双方都是有利的。

小雄是一位刚到城里打工的农村娃，他不愿跟着父亲在建筑公司整天与水泥、沙浆打交道，于是就在父亲打工的旁边以每月100元的价格租了一间简陋的门面，然后到市场上找到一位熟悉的老乡，帮着找一些可以代销的小食品、低档烟酒等。他的老乡面子还真不小，没过多久便有工人将他需要的一些物品送到了小铺里。小雄核算了成本，进货价格虽然比用现金进采购要高一些，但好在不占用自己的资金，这对于口袋里根本就没有多少钱的他来说的确是最好的结局。

小雄以比成本略高一点的价格将方便面、烟、酒、零食等卖给在工地打工的民工，由于小雄的父亲在工地较受人尊重，加上价格本身也合适，所以民工们都喜欢光顾小雄的小店。特别了小雄的商店开得很晚，那些上了夜班还需要加餐的民工往往一下班便直奔小雄的小店，吃着小雄免费加工的方便面，再就着花生米喝上二两烧酒，那种滋味就别提了。

一个月下来，小雄算了一下帐，他净利润就赚了800多元，比在工地打工强多了。有了原始资本的积累，他很快便把代销的欠款还清了，并且又进了货，别人都认为他有信誉，所以愿意长期与他合作。

适合人群：进城打工者都较为适合。

注意事项：由于代销不承担丝毫亏损的风险，不占用资金，所以许多人都愿意这样销售货物，但对于经销商来说就没有直接现金交易划算了，所以他们一定会选择那些信誉好，销售量大的商店。所以在出售代销物品时要尽量以低价销售，以求资金回笼快一些，这样才能获得更多的代销商品。

二十八、帮人寄信：无本生意

相信每个人都有过寄信的经历，它不需要任何技巧和学问：贴上邮票，投进邮筒，搞定。但是，这只是你时不时地寄上一两封信的操作，如果是让你每天寄上一两千封信，你还会不会这么轻松呢？

于是，帮人寄信的职业便诞生了。在广州有这么一个人，他不是邮递员，却把替人寄信当成自己的职业。更令人惊奇的是，靠着干这种粘信封、贴邮票和跑邮局的活儿，他一个月竟然能挣一万多元！

替人寄信真有那么高的回报吗？听了叶明山的故事，你就会知道这并不是天方夜谭了。

1998 年春节过后，叶明山随堂弟南下广东，到东莞塘厦的一个台资鞋厂做了一名工人。因为没有技术，叶明山只能在鞋厂的包装部做最简单的打包活，这一做就是两年多。在这段时间里，他拿过的最高月薪也只有 800 多元。

2000 年 7 月，叶明山辞职来到广州，在海珠区的一个花园小区里当上了一名保安。虽然每月工资才 600 多元，但工作实行的是三班倒、八小时工作制，不像在工厂那样没完没了地加班加点，叶明山对此心满意足，决定好好地干下去。保安岗亭旁有一幢写字楼，也是小区的物业，那里的白领由于工作忙，有时写好了信却没时间去寄，叶明山经常帮他们代劳。

一天，叶明山闲逛到附近的一个邮市。他注意到，有几个摊点在卖打折邮票。他十分惊讶，因为在此之前，他从来没有听说过邮票也可以打折销售。他想，这一定是假邮票，心直口快的他就问摊主："这种邮票能用来寄信吗？不会被邮局查出来吧？"摊主一听就知道他是个外行，便耐心地告诉他，这些打折邮票绝对都是真票。这些邮票是邮政部门在20世纪90年代初中期发行的，当时的集邮市场相当火爆，邮政部门为满足广大集邮爱好者的需要，发行了大量的新邮票，每一种的发行量都数以亿计。但是，大量的新邮票上市不但没有起到促进邮市繁荣的作用，反而造成了邮市的疲软。面对积压和库存的大量邮票，邮政部门苦不堪言，于是，打折邮票便出现了。

听了摊主的解释，叶明山感到一种莫名的兴奋，那些邮票的价格实在是太低了！0.6元和0.8元面值的邮票都能打到七折左右，而2.8元和5.6元面值邮票的价格更是低得不可思议，有的甚至用低于三折的价钱都可以买到！

在回去的路上，叶明山的脑子转个不停。他感到这里面一定蕴藏着很大的商机，而且绝对不是买卖邮票那么简单。他一路冥思苦想，正巧在经过原来做保安的小区时，写字楼里的一家公司员工住了他，说："小叶，我们这里有些信件你帮我们去寄了吧。"叶明山突然灵光一闪，对了，这不正是商机所在吗？

原来，那个公司里寄的信件都是大捆大捆的商业信函。这些信都没有贴邮票，公司把买邮票的钱交给他，让他去邮局寄信的时候，顺便买来贴上。大家知道叶明山是个热心肠的人，办事又踏实，于是都很放心地请他代劳。

叶明山想，如果自己用这些打折的邮票帮那些写字楼里的公司去寄信，不用收他们一分钱的手续费，仅寄一封不超重的平信就能赚一角几分钱；而寄一封挂号信的利润就更可观了，一封就能赚两元多！这不是一条挺好的生财途径吗？

叶明山立刻来到那个邮市，把身上仅有的100多元钱都拿出来买了打折的邮票，然后用打折邮票帮那家公司寄了信，这样他便获得了20元的差价款。这一晚，他兴奋得难以入眠。

第二天一大早他便去了小区旁边的写字楼。写字楼里的还是那些熟面孔，大家见了他，都很热情地打招呼。叶明山告诉他们，自己可以买到一些有折扣的邮票，希望以后能为大家代理寄信函的业务。在小区那一带，叶明山早就取得了大家的信任，更何况他只赚取邮票的差价，而不收服务费，这对于他人来说，不但没多付一分钱，而且还省了许多麻烦，因此，那个写字楼里的30多家公司都很爽快地答应了他的要求。当天，叶明山便收到了其中两家公司要寄走的100多封商业信函。

叶明山用7折的0.8元邮票寄走了这些平信，轻轻松松就赚了30元钱。初战告捷，叶明山更加坚信，虽然现在的电话、传真和电子邮件等通讯工具和手段已相当普及，但传统的邮寄业务仍占据着一定的市场份额，一个单位总会有或多或少的信函往来。只要还有人邮寄信函，就一定存在着自己的业务市场！

叶明山于是辞去了保安职务，决定一心一意做帮人寄信的活儿。考虑到每天坐公交车去收信和寄信是一笔较大的开销，他又买了一辆旧单车。口袋里剩下的钱，他便全部用来买打折的邮票了。

尽管刚开始时，叶明山只有那一栋写字楼的业务可以做，但因为那栋楼里有30多家公司，所以他每天总能或多或少地收到一些信函。一个月下来，叶明山总共寄出了2 000多封平信，100多封挂号信，一结算，居然有800多元的收入！

这可比做保安轻松自由得多，而且收入也增加了。这"第一桶金"的掘取犹如给叶明山注入了一支强心剂，令他铆足了劲要在这条路上走下去。

经过这一个月的实践，叶明山对"代办邮寄业务"的操作过程也更加熟悉了。比如，他知道附近哪个邮局人少，哪个邮局经常人满为患；什么时间去寄信要排很久的队，什么时间去就会畅通无阻。此时，他觉得自己已经具备了将事业做大的条件，便决定四处出击，扩大业务范围。

当叶明山开始把他的想法付诸实施时，才知道这并不容易。比如，要进入那些大的写字楼，首先必须通过保安那一关。好在叶明山自己也做过这行，他知道，只要打扮得体面一点，再提个包，装成大楼里的上班族的样子，保安一般就不会阻拦。

过了这一关，接下来的那关才是最难闯的，那就是进入一个完全陌生的公司拉业务。叶明山以前是个做“粗活”的人，现在要做一个“说客”，他的心里不免就紧张，说起话来也是结结巴巴，词不达意。刚开始，他几乎天天都在遭遇尴尬：遇到有修养的，人家会客气地告诉他不需要这种服务。更多的时候，别人还没等他把话说完就生硬地拒绝了。碰到态度恶劣的，还把他当作乞讨一族往外赶……这样连续几天跑下来，他竟连一桩新业务也没有揽到。

叶明山虽然有些气馁，却并没有死心，他继续一家公司一家公司地敲门。虽然还是一次又一次地无功而返，但他的胆气却变得越来越大，口齿也伶俐多了。

转机终于出现了。一次，叶明山来到一家小公司，向经理说明了来意。经理听说他只收邮资，便奇怪地问道：“那你不是为我们白做工吗？有这么好的事？”叶明山连忙解释说他可以买到打折的邮票。那个经理听了有些心动，因为他的公司几乎隔几天就要寄一批商业信函，如果有人代劳，真的可以省下不少时间和精力。他犹豫了一会儿，还是不放心地说："我又不认识你，我怎么知道你不会把我们的信函拿去当废纸卖掉呢？你连个联系电话都没有……"

一语惊醒梦中人！叶明山这才恍然大悟：自己开始做得那么容易，完全是因为熟人信任的缘故，而现在要开辟新市场，却连个联系方式都没有，这怎么能让别人相信自己呢？

于是，叶明山花几百元钱在二手市场买了个旧手机，还印了一盒名片。几天后，他又去了那家公司。当他把名片和自己的身份证复印件一同递给那个经理时，经理终于被他的诚意感动了，答应把公司的信函业务交给他代理。

有了第一起开拓新客户的成功经验，再做起来就容易多了。叶明山为了使人放心，对新客户寄出的挂号信，他总是当天就把邮局的查询单给人家送回来。他细致的服务，很快赢得了客户的信任。

叶明山发现，只要在一个写字楼先发展一两个客户，再去这幢楼的其他公司承揽业务时，往往就能事半功倍，因为人人都有从众心理。当他意识到这一点以后，就更加注重和客户进行情感联络了，逢年过节的时候，他总不忘记给客户发短信问候。果然，客户和他成了朋友后，也就更乐意为他介绍其他公司的业务了。通过熟人和朋友的关系，叶明山一下子就迈过了做这种业务最难过的信任关。

叶明山的服务对象主要是那些开展邮购项目的中小公司、小杂志社、广告公司、连锁加盟企业和小发明小专利咨询服务公司等。通过摸索和实践，叶明山对上述客户进行了分类，以便服务能做到有的放矢。而对于业务量大的客户，即使再三碰钉子，也不轻言放弃。

有一次，叶明山想把一个生产洗衣粉和洗涤剂小型设备的加盟连锁公司发展成客户，竟一连跑了十多趟，嘴皮都快磨破了才达到目的。付出总有回报，这家主要面对边远不发达地区和农村市场的公司，给来信、来电咨询的人回复资料和可行性分析报告的函件特别多，有时一个月就多达二三千封，其中，仅挂号的函件就有数百个！这给叶明山带来了滚滚财源。

随着叶明山的服务范围越来越大，他也越来越忙碌了。他每天早上骑着自行车出去，到各个公司收信。有的公司信函多，他就要天天跑，有的则只要隔三差五地跑一趟。客户有急件时，只要一个电话他就得随叫随到。中午邮局的人较少，他就将信件集中在一起拿去寄。吃过盒饭后，又到了各个单位下午上班的时间了，他就再去各个公司，或收信或拉业务。而每天晚上，叶明山必做的工作是把整版的邮票一枚一枚地撕开，以提高次日的工作效率。

在叶明山的努力下，他的业务量每个月都会上一个新台阶。而这时他觉得有些力不从心，再也没有时间和精力去接新的业务了。为了不耽误接新活，2002 年 11 月，叶明山叫来了在东莞打工的堂弟和自己一起干，让他负责收寄信函，并给他开出了比工厂高一倍的工资。这样一来，叶明山的主要精力就可以用在联系业务上了。

有堂弟帮忙，叶明山的事业发展得更顺利了。三个月后，他就搬出了那个蜗居，在海珠区租了一套两室一厅的房子。接下来，他在家里装了一部电话，又把高中毕业赋闲在家的表妹找来，专门接客户的电话。

随着业务的发展，邮票的用量也越来越大了。为了保证邮票有一个稳定的来源，以便获取更大的利润，叶明山绕开二手贩子直接找到了批发的大邮商。他们的邮票不但货源充足，品种齐全，能满足各类信函业务的需求，而且拿到手的价格也是最低廉的。

叶明山的创业方式别出心裁，在广州，他至今也没有遇到竞争对手。尽管如此，他还是把客户当作衣食父母，始终保持着高度的责任感为他们提供优质的服务。因此，一年来，他从未丢失过一个客户，只要是与他打过交道的公司，都对他十分信任。

到2003年3月，叶明山从事代理寄信业务已经整整一年了，他的服务范围也从海珠区扩展到了天河区、越秀区、荔湾区和东山区。他拥有30多个写字楼的500余家公司的客户。而在这些客户中，每个月寄出数百封函件的大客户就有十多家。即使是最小的客户，每个月也要寄出几十封信。一年下来，他竟然赚了近10万元！而仅2003年3月，他收寄的各类函件就达3万封，其中平信23 000多封，挂号信近6 000封，光是粘贴信封和邮票的胶水就用了10多千克。那个月，叶明山的总业务额是3万多元，利润达到了1万多元！

适合人群：腿脚灵活、能说会道的都市打工一族。

注意事项：首先是要有良好的外貌，上门揽活儿的第一印象要让别人觉得良好，否则很容易便当成骗子看待。其次还要有让人信任的条件，比如熟人、亲朋的介绍，电话等设施也需具备，让人随时随地都可以找到你。

二十九、职业目击证人：也许适合你

2002年3月，时年42岁的黄福强进城了。他没有估计春节后进城打工的人那么多，也没有估计到他去求职，别人甚至没有等他把话说完就让他消失，因为他既无文化，体力又没有年轻人强。黄福强不愿意回家，因为他不想让家乡人看不起，他写信告诉家里，说他找到了在建筑公司打工的活儿，每月能挣500元。

每天没事干，他便开始往大街上跑，哪儿热闹就往哪儿凑，以打发无聊的时间。2002年4月的一天，他在一条僻静的马路上遇上了一个中年妇女，她丈夫昨天晚上就在这个路口被车祸夺去了生命，由于夜深人静，那辆肇事车跑了，她想找到目击者，并愿意出1 000元钱表示感谢……

黄福强灵机一动，想，我既然闲着没事，为啥不每天在大街上多逛一会儿，如果恰巧碰上交通事故，我也去作证，说不定当事人还会给我一点报酬呢！

一天傍晚，他在穿过一个路口时看到一位40多岁的妇女违反交通规则闯红灯，突然被一辆出租车给挂了一下！

中年妇女被撞得并不严重，但她那个泼辣劲使不少行人看了都害怕，她坚持打122叫来了交警，对交警说是出租车闯红灯把他撞了。年轻的出租车司机用无助的眼光四处求援。

黄福强主动走上前去，把情况一五一十地告诉了交警。在黄福强的配合下，这起交通事故很快被处理完了，出租车司机主动拿出200块钱表示感谢。

从此以后，黄福强正式把这件事当成了他的本职工作。他每天早早地便上了大街，固定守在某些容易发生交通事故的路口，准备好纸笔，车祸发生的那一刻，他会立即记下车牌号码等关键的证据。

黄福强坚持“真实、客观、详尽”的原则作证，次数多了便赢得了警官信赖，收入也逐渐多了起来。

黄福强终于在城里找到了自己的位置，也能每个月多多少少地向家里寄钱了。

适合人群：暂时没有找到适合工作的打工者。注意，这一职业仅可作为过渡性质，不能当成长期的职业，因为这种收入是极其不稳定的。

注意事项：目击证人不是执法者，你的责任仅仅是作证，故不能以自己掌握了证据就当起了事故的调解员，一切等警察来处理。在作证时要坚持“真实、客观、详尽”的原则。

三十、广告人：用身体赚钱

广告人不是凭脑力赚钱的吗？怎么这里会说成了用身体赚钱呢？这不是笔误，因为这里的“广告人”这里指的是那些以身体发布广告的人。一些有创意的广告公司，很愿意请来一些自愿做身体广告的人，装饰上一定的广告内容，让其到处走动，通过这种独特的方式扩大某些产品或企业单位的知名度，这就是所谓的独具特色的身体广告。

山西某县的小任便是这个行业的先行者。一次，县城里新开张了一家美容院，开业之初，为了扩大知名度，这家美容院需要找一些身体广告人来做广告，于是小任便报了名。在为该美容院做广告时，小任穿着写着该美容院的具有浓郁特色的民族服装，和其他几个穿着同样服装的女孩穿行在大街上，她们边走边向路人点头微笑，她们立即吸引了过路的行人，使得很多人争相观看，一时成为小县城的一道独特风景。

现在小任已成了当地身体广告人中的“名人”，由于她长相甜美，身材修长，气质较好，所以许多公司的促销活动都聘请她充当身体广告人，甚至邻近县城或市里的广告公司都与她有联系。她时不时地会披上广告条幅，或着广告衫穿行于县城的大街小巷。小任说，做“广告人”对于像她这样既没有一技之长又很想表现一下自己的人来说，是一次最好不过的机会了，既表现了自己，又能赚到钱，同时还可以免费得到一身衣服或是其他一些东西，何乐而不为呢？现在小任的“出场费”一般是每天50～100元，一般平均一个月能有10多天活，所以她的收入在当地来说还是较为可观的。

适合人群：青年男女。身体的外在条件要好，如身高，一般男性要求在175厘米以上，女性在160厘米以上。相貌或甜美或英俊，给人要有亲切感。

注意事项：对一些不健康的促销活动不要参加。平时要注意饮食与锻炼，要保持身体的苗条与力量。

三十一、擦鞋人：也能擦出名堂

到城市打工赚钱，说起来轻松但如果你真的到了城市，那么会发觉工作是那么地难找，城里的下岗工想再就业都不是一件轻松的事，何况是对于无一技之长的乡下人来说，就更困难了。但是如果你专门挑城里人看不起或者吃不起苦的活儿做，又是另外一回事。上街擦鞋可以说就没有哪个城里人愿意干。而这正是适合于刚到城里一时半会儿没有找到满意工作的农村人干。

我们在成都街头见到了正帮人擦鞋的年轻姑娘张素芳。她是中江县人，她来成都半年了，当过搬运工，卖过菜，还在工地和餐馆做过零工,但由于种种原因都没有干长,于是选择了擦鞋这个行当谋生。只见她手脚麻利,几分钟就把客人的一双皮鞋拾掇得干干净净,拿绒布蹭几下,锃亮。

我们问:“城里挣钱容易吗?”

她不假思索地答:“对勤快人来说也不难。我的老乡干擦鞋这个活的不少。和我一道来成都的人,有的已经开铺子当老板了,还买了房子。我挣够了本钱,也想租门面开擦鞋店,尝尝当老板的滋味。”

“在老家,守着两亩三分地,除了种地就没啥子活路了。到城里一看,虽然不能找到既轻松又挣钱多的活儿,但粗重活儿却满街都可找到,都能挣到钱。”张素芳笑眯眯地对我们说。

张素芳觉得,擦鞋是个轻巧活,花几十块钱就能买齐工具,技术要求也不算高。生意好的时候一个月能挣六七百元,冷清时也有三四百元。虽然受点日晒雨淋,但钱却比帮别人打工多一点,而且自由,不会看老板的脸色。

“城里人有干擦鞋行当的吗?”我们问。

“没见过,可能他们觉得不好意思吧。”

“城里的活路好不好找?”

“好找不好找,看你挑不挑。”

在张素芳旁边埋头干活的同伴忽然抬头插话说:“又要工资高,又要清闲的活,哪里都不好找。钱少一点、苦一点的活却到处都是。什么叫活路？活路就是一条能活得下来的路，没那么多挑剔的。”话音未落，便引起几位擦鞋姑娘一串轻脆的笑声。

适合人群：适合所有到城市里打工的农民工。

注意事项：吃苦是第一位的，因为擦鞋需要体力，如果固定摊位的生意不好则需要深入到餐馆、茶房里面去招览生意，所以没有吃苦的精神是办不到的；其次还需要有一定的技巧，如何把皮鞋、旅游鞋以及其他种类的鞋子擦得漂漂亮亮的，也是一门学问，初次干擦鞋这个活一定要先向有经验的同乡或朋友学习。

三十二、旧鞋翻新：赚钱新行当

半新半旧的皮鞋，对于一部分高消费的城市市民来说，在过了新鲜感之后，便不想再穿了，裂面或损底的更是当作垃圾扔了。而对于一些低收入的打工群体来说，要买上一双皮料好、质量优的皮鞋，却舍不得花那么多钱，买便宜的又不耐穿，更不合算。

在深圳特区打工的老乡胡永贵发现这种情况后，机灵的脑子便在不停地打转：这是一个非常好的赚钱商机，何不把这类旧皮鞋低价收购起来，然后凭借自己以前在家里学到的做皮鞋手艺，对其进行加工翻新处理后，再便宜卖出去，这可以说是一桩两全其美的事儿，并且自己也能从中赚上一笔。

说干就干，第二天他便辞去了每月450多元薪水的工作，弄来皮鞋加工工具，开始了上门收购旧皮鞋。在收购时，他根据皮鞋的新旧好坏程度论价，收回来后，再依尺码、款式、新旧和坏损程度等各种情况分别加工处理。一般半新半旧的好皮鞋只做整容、清毒、打蜡上光处理，鞋底或鞋面坏了的则换底或换面。就这样，在经过胡永贵的精加工巧处理后，旧皮鞋便变成了新皮鞋，当他拿到市场和生活区去以每双10~20元的低价出售时，由于既好穿又便宜实惠，果真很受低薪消费者的欢迎，有时竟出现供不应求的情况。

后来他自己忙不过来，便又请来帮手，实行"收—修—售"一条龙服务，生意更是红火。

适合人群：有皮鞋制作或维修经验的打工者，男女老少均可从事这个行当。

注意事项：在收购旧鞋时要选择那些看起来较新的皮鞋，现在许多人刚买的皮鞋就出现了脱线、断底的情况，而这些皮鞋也许只穿了不到一个月甚至仅穿了几天，收购这种鞋用来翻新就最合适了。收购这种旧鞋一般只需要几元钱，翻新后却可以卖到二十元左右，所以其中大有"钱"途。

三十三、精修皮鞋：手艺人的赚钱绝技

许多人认为城里人皮鞋坏了一定会一扔了事。一般情况是这样的，但是如果仅仅是一点小毛病，或者皮鞋本身价值很

高，这时便会选择对其进行精修了。

老金出生在江山市须江镇陈村。那里是浙江省与江西省交界处，属于交通比较闭塞的山区。20 世纪 80 年代，老金在镇里的水泥厂做装卸工，在一次运货途中，遭遇了车祸。那场车祸不仅使他欠下了 2 000 元的外债，而且还让他患上了严重的风湿病。

老金不能再干重活了。他养好病后，便想找个轻体力活干，以偿还债务。

经过一番调查，老金决定到江山市去修鞋。他从亲友处借了一点钱，从金华买回来一台手工修鞋机。仅仅只跟一个修鞋师傅学了一个月修鞋手艺，然后，他就单独干起了修鞋的活儿。

由于老金刚刚“出道”，没有几个人来他的摊上修鞋。老金只好一天天地坐在那里干着急。2 周、3 周过去了，仍然没有几个人光顾老金的修鞋摊。怎样才能打开局面，让人知道自己呢？老金开始费尽心机地冥思苦想。最后，他终于想出了这样的一个点子：先来个免费修鞋，把顾客引过来！

于是，老金用毛笔在家里写了一张又一张“鞋匠老金免费修鞋一周”的小广告，广告词言简意赅：最近，修鞋匠老金在市中心花园附近的幼儿园门口开了一个修鞋摊，为了感谢新老客户，老金决定免费修鞋 3 天！

第二天，老金将那 20 多份小广告带到江山市，并逐一把它们贴到街头巷尾。小广告贴出去的第二天,老金的鞋摊上陆陆续续地来了很多修鞋的人,其中不少人是怀着好奇心来凑热闹的。一时间,老金的鞋摊火了起来,大有应接不暇的势头。

在免费修鞋的三天里,老金活儿干得分外细致。每修完一双鞋之后,老金总要问人家:“看看哪里还不满意?”如果顾客感觉不太满意,他便不厌其烦地再给人家修,直到人家满意为止。不少人问他为什么要免费修鞋,他诚恳地说:“我就是要让大家知道我的手艺。”虽然老金一再坚持免费,但还是有很多人坚持要付钱。

通过三天免费修鞋,不少人知道并认识了修鞋匠老金。从此,老金的生意渐渐好了起来。不久,老金的妻子也和他一起修鞋来了。

老金善于钻研,他的修鞋手艺不断提高。经他修补的鞋几乎看不出修补的痕迹。老金性格开朗,每当给人修鞋的时候,他总是说古道今,谈笑风生。有些常找他修鞋的人,特别是一些老人,即使在没事的时候也常来和他闲聊。

找老金修鞋的人一天比一天多起来。不论刮风下雨,严寒酷暑,老金从来不休息,每天都坚持干到天黑。辛勤的汗水当然会换来丰厚的回报。2000 年,老金终于用自己的积蓄在市区内买下了一套四室一厅的房子,并把全家人都接到了市里,他变成了真正的城里人了。

富裕起来的老金并没有满足于整天守着一台简单的手工修鞋机，他一直想着要把自己的买卖做大。2000年12月，老金开始到外面考察市场。他先后去了金华、义乌、杭州等地，对几座城市的修鞋行业进行了一番深入的调查。在杭州市，他发现有的修鞋匠已经开始用机械修鞋机进行修鞋了。经过细致观察，他发现机械修鞋机与手工修鞋机相比，工作效率能提高几倍。于是，他决定也买一台机械修鞋机。但是，“同行是冤家”，那里的修鞋匠就是不肯告诉他机器的产地。老金说可以出1 000元“好处费”，但得到的回答还是“不行”。老金走了几家，结果都碰了钉子。

在回来的途中，一直陷于苦恼之中的老金忽然想，偌大的江山市走南闯北的人很多，总会有人知道机械修鞋机的产地。于是，他决定首先在报纸上做广告，用这种办法寻找有关信息。

几天之后，老金花了150元钱，先后三天在报上打出了“寻找机械修鞋机”的广告：本人要得到机械修鞋机的产地，有知者请与老金联系，事成后付信息费500元……

第二天，一位跑五金销售的先生就给老金打来了电话。原来，机械修鞋机的产地就在杭州附近的萧山市。10天后，老金花了1万多元钱，从萧山买回了机械修鞋机。

用上机械修鞋机之后，老金的工作效率大大地提高了。许多用手工做需要10分钟、20分钟的活儿，用机械修鞋机几分钟就能完成。因此,他每天可以承揽大量的活计。

不久前,老金又购置了一套给皮鞋上漆的机器,做起了皮鞋翻新的活儿。老金踌躇满志地对我们说:“我的生意一直很好。不少江苏、安徽等地的司机、生意人路过江山,都要找我修鞋,擦鞋,粘底。有的江山人在去美国、新加坡等地之前,总要先到我这里把几双鞋全部翻新。修鞋让我发家致富。”

适合人群:具有皮鞋制造或修理经验的打工者。

注意事项:现在需要修理的皮鞋一般是较为高档的鞋,所以在修理过程中不能马马虎虎,而应该兢兢业业,小心谨慎,从细微处着手,修理出的皮鞋应该有焕然一新的感觉。

三十四、人体模特:为艺术献身

近年来人体模特已不像过去一样让人看不起,它成为了一些打工者从事的职业。学画画的艺术院校学生以前很难找到人体模特儿,现在却由于经常有新人加入,所以他们的画技有了很快的提高。

人体模特有两种,一种是着衣模特,一种是裸体模特。如果想多赚钱或快赚钱,那么裸体模特是值得考虑的。

20 岁的陈小姐是个打工妹,她有着姣好的容貌和苗条的身段,所以当同乡把她介绍到某艺术学院做裸体模特时她只犹豫了片刻便首肯了。今天是她第一次充当主角,她要脱光衣服,站在学员前面,成为众人的绘画对象。

由于她是首次担任裸体模特儿，在众多异性面前脱光衣服，心情难免紧张。她用毛巾包裹着全裸的身体，从更衣室缓步走入画室，坐好后便徐徐将毛巾拿开，导师示意她改变坐姿时，她显得不太自然，一度呆着不动，画画期间她有少许时间稍为休息，之后又要回复固定姿势。当了两小时的裸模后，陈小姐获得500元工资，算是行内的高价。

在完成后陈小姐轻松地说："画家将我的生命力表现在画上面，我觉得好开心，而且我坐两个小时有500元工资，何乐而不为！"

人体艺术创作近年在国内蓬勃发展，裸体绘画愈来愈流行，裸体模特时薪100～200元，一般画班以两小时计，故模特每次可赚得200～400元，如果每周能上3天课，那么所赚工钱比打工要高得多。

29岁的阿娇身材高挑，曾在多个行业内打工，但工作不太稳定，经常失业，经朋友介绍做起了兼职裸模赚钱。以前她只穿泳衣做着衣模特，到最近泳衣模特儿的需求减少，她便转当裸模。目前她每月做3～4次裸体模特，收入700～800元，她说："只要不让家里人知道我做这份工，脱光衣服无所谓啦。"在学员前展露身体，阿娇不会感到害羞，她说："我感到他们很尊重我，我是为艺术做模特儿，没有色情成分，所以没什么害怕！"像阿娇这种赚职裸模开价不高，有时每个小时比专职模特少收入30～40元钱，而且任劳任怨，就算学员不断要求转换姿势，都没怨言，所以受到不少艺术院校的欢迎。

适合人群：身体条件较好且外貌有一定个性的打工者，男女老幼均可。

注意事项：由于人体模特目前还不是一个公开招聘的职位，所以一般需要熟人介绍才能踏入这一行。

三十五、酒水促销小姐：来钱快的行业

在一些酒楼、夜总会常常可以看到这样的身影：一个个身披绶带、彬彬有礼地游说你消费某某啤酒、某某饮料，而她们就从你消费额中得到一定数量的提成。做这种行当虽然竞争也激烈，但比起在流水线上打工的姐妹来说，就轻松得多而且来钱也快，所以不少外来妹仍然热衷于加入此行列。

啤酒促销小姐是一个时尚而又极富挑战性的职业，但因每天都得出没于酒楼和夜总会，与各种各样的客人打交道，也使得这一职业带有几分危险和前卫。但陈艳秋这位漂亮女孩偏偏就是喜欢干这一行。令人钦佩的是，尽管遇上了很多的诱惑、压力和不理解，但她出淤泥而不染，却坚持着这份“痛并快乐着”的职业。

1980 年出生于四川农村的陈艳秋，最初接触到啤酒促销小姐这一职业，是 1998 年到厦门一家酒楼做服务员，那时她才 18 岁。她所在的酒楼有几家品牌的啤酒促销小姐做促销。她们白天休息，晚上穿着各自公司的品牌服装，在酒楼里往来

穿梭，和客人谈笑风生，那份快乐和自由让生性外向的陈艳秋好生羡慕。半年后，她经不住在酒楼做银城啤酒促销小姐的怂恿，辞去了酒楼服务员的工作，并在这位促销的介绍下，成了某某啤酒的促销小姐。

经过半个月的培训，公司便安排她去了厦门一家拥有 RTV、KTV 的夜总会上班，工作时间是晚上 19～24 时。第一天上班，陈艳秋便早早来到了这家夜总会，她向这家夜总会的老板林经理和服务员介绍了自己的身份，说了一番以后请多关照的客气话，就开始进入角色。到了晚上 7 时多，开始有客人进来。

虽然促销小姐与酒店没有什么关系，但为了能更好地接触客人，她们也常常帮助酒店搞服务，给客人泡茶、送毛巾。客人一来就上去推销，会很让人反感，作为促销小姐，需要通过服务先熟悉了，等客人安顿下来，便趁机促销自己的产品。

当天晚上 9 点多，来了三位 40 多岁的客人，当他们被店里的服务员带进 7 号包厢后，陈艳秋便主动上前去服务。有一位胖胖的客人，见小陈走进包厢，眼睛便直勾勾地在她胸脯上游移，让小陈感到非常不自在，但他还是硬着头皮把毛巾递给客人，送完毛巾，她刚转身，这位胖胖的客人，突然在她屁股上拍了一下。第一次出没这种娱乐场所，从来没经历过这种阵势，她顿时脸红耳赤。可公司有规定，在酒店工作是不能得罪客人的，她只好逃也似地跑出了包厢。

10点多，客人陆续光临，夜总会里的包厢几乎全满了，陈艳秋开始一间间包厢去促销。初次进入这一行业，陈艳秋没有推销技巧，首先做自我介绍后，接着就介绍公司的产品。来夜总会的客人，许多都对促销产品有一种抵触情绪，一听她是做酒类促销的，还没等她开口，就“去去去”让她离开，遇见那些素质较低的客人出口更加伤人自尊。晚上回到宿舍，心里仍感别别扭扭的。

一周过后，原先就在酒店做过服务员的陈艳秋，对这一环境很快适应了。这一周来，酒店生意十分火爆，可她的成绩并不好，她觉得自己的推销能力和方式出了问题。这天，回到家里，她开始捉摸起原因。心想，这样死板地介绍自己的产品总不是办法，还得换一种方式。于是，她开始在心里暗暗设计着各种客人的推销方式。第二天上班，陈艳秋就向店里的服务员了解客人的姓名，身份以及他们的习惯，开始打那些常客的主意。第一位被她瞄上的目标是位姓黄的客人。这天，这位客人又带着几位朋友进了包厢。陈艳秋便替服务员帮他们泡茶，送毛巾。刚一进门，小陈就按自己早已设计好的套路，对这位黄姓客人亲切地打招呼说：“黄大哥，好几天没见了，今天有空出来开开心。”这位客人一听她称呼自己黄大哥，马上笑笑地反问她怎么知道自己的名字，那话语和神态都有一种被人重视的满足感。陈艳秋一看他的表情，心里暗喜，觉得机会来了，又十分亲切地说：“我早就注意到黄大哥了，只是我们不起眼，哪里会让你这当老板的注意上。”。

“你真会说话。”客人被小陈的几句亲切的话语逗得心里乐滋滋的，一来二往，气氛就开始融洽，原本陌生的感觉，也被陈艳秋几句贴心的话驱赶得远远的。等客人点完小食品，小陈就不失时机地问：“大哥与几位老板喝点什么酒？”

“喝点啤酒吧。”

“喝点××吧，口味还不错。”一听客人要喝啤酒，小陈便审时度势地做起了自己的促销。有了开初的热情铺垫，客人也有点不好意思拒绝，就说“随便！”就这样，小陈第一次设计的推销方案终于取得了成功。

做啤酒促销，每月要干满30天，陈艳秋在银城啤酒公司的工资，底薪600元加提成，推销一箱提成3元，如果完不成任务，底薪也拿不到，这就要求促销小姐要有很好的推销技巧。有了第一次的成功经验之后，陈艳秋更有信心了。她在接受培训的同时，也与在其他促销点的姐妹交流体会和经验。每天上班前，她总会对着镜子，把镜子里的自己当作客人进行推销练习，想象当天晚上会遇见什么样的客人，自己应该采取什么样的推销策略。每天的客人拒绝自己的方式都不一样，加上同行的竞争也十分激烈，陈艳秋就得想出不同的推销办法。一次一位客人说：“我一直都喝××酒，从来不喝别的酒。”

客人说得如此坚决，要想让他改变主意，就得有新招数。

陈艳秋灵机一动，不失幽默地说：“人不可能一成不变，就像你的恋人，最初的那位，不一定是你最后的爱人，偶尔换一下口味也是正常的嘛。”客人一听她这带有几分幽默的话，也被逗笑了。

“你这句话说得可真不错。”客人说。

“其实我的酒也不错嘛，什么都得有第一次，您要有胆量去尝试。”小陈随着客人的话题紧追不舍。

“好，那就破例喝一次吧。”正沉浸在开心与喜悦中的客人，无意间就落入了陈艳秋的“圈套”里。

在这样的环境里工作，什么样的客人都有，要想保护好自己，又不伤害客人，分寸要把握得恰到好处。去年1月初的一天，小陈就遇到了一点小小的麻烦。这是一位新客人，当他和朋友点完菜，小陈就甜甜地微笑着说：“这位先生是第一次来这边吃饭吧，可以试试我们这种啤酒。”客人反问：“为什么要喝你的酒？”陈艳秋马上表示：“酒好喝，还有东西送。”客人一听便开起了小陈的玩笑：“把你身上工作服送给我吧，我就喝你一箱酒，怎么样？”旁边的客人也一起起哄，小陈依然保持着微笑说：“对不起，我们公司规定只能送笔和打火机，如果我自作主张，会被开除的。我看先生是位有知识的人，送笔给您最符合您的身份。”小陈就凭着自己的机敏和沉稳，不露声色地化解了尴尬。那天晚上，客人喝的全是小陈推销的啤酒。

做啤酒促销，有技巧是其一，有时也得花一些感情投资。

一位客人每一次来，从不喝陈艳秋促销的酒。他总觉得促销的东西都不好。陈艳秋知道，这样的客人，你要是硬推销给他，他会更加反感，所以陈艳秋从不在他面前做促销。可他每次来店里，陈艳秋都热情为他服务，为他泡茶送水。大约过了1个月，他终于开口问陈艳秋："小妹，你是促销啤酒的，这样服务店里有没有给工资？""我又不是店里的服务员，哪里会有工资，在人家的地方做促销，帮忙也是应该的事。"陈艳秋微笑着回答。

"没有给工资，我们又没喝你的酒，你干嘛还那么热情为我们服务。"

"那有什么关系，要求每一位客人都喝我们的酒，是不可能的事，只要见到你们高兴我也高兴，特区人海茫茫，我们能认识就算有缘，你千万不要把这些事放在心上，我都不在意，你在意什么。"这位客人听小陈说得十分真诚，毫无目的，心也觉得歉歉的，很过意不去，临走时便对小陈说："小妹，你的真诚真让我感动，到了新千年的第一天，我来店里时，你什么也不要说，你把酒拿上来，我要特意来喝你的酒。"听了这位客人的话，陈艳秋除了高兴外，还有一种更为深刻的感悟，觉得人只要真诚也是能感动人的。

按公司规定，推销小姐是不可以和客人喝酒的，但遇到熟悉的老顾客，有时也没法拒绝。去年10月初，有位姓林的常客请陈艳秋喝酒，陈艳秋知道这些在生意场出没的老板是非常看重面子，何况又是自己熟悉的朋友，下了班，陈艳秋就真的去陪了几杯。一群男人中间，突然来了一位能说会道又十分美丽可人的小姐，气氛顿时热闹了起来，你一杯他一杯，几杯下来，一瓶白酒喝得就差不多了。能让客人喝得越多，自己的销售额就越大，陈艳秋当然高兴。可做东的客人却不见得高兴，尽管嘴里不说，心里也会不舒服，下一次，他见到你说不定就会害怕起来。陈艳秋毕竟不是第一次做促销，一眼也就能看出客人的心态。几杯下来，开始还十分高兴的林先生笑得就有些勉强，话也比原先少了许多。陈艳秋一见，赶紧劝住那些前来敬酒的客人说："几位大哥，今天喝得差不多了，喝多了你们也会伤身体，适可而止，以后在一起喝酒的机会还很多，今天小妹家中还有点事，下次再陪大哥喝吧。"一番话说得贴贴切切，不但让客人得到满足，又让林先生有了台阶下。

当然，遇到陌生的客人请喝酒，她会婉言拒绝，让你一点也不受伤，她知道，做这一行，只有自己自重，客人才会尊重你。

如今，在厦门的啤酒促销行业里，小陈算是"大姐大"级的人物了，可她也知道，啤酒促销小姐吃的是青春饭，青春是不能随便就喝醉的。如今，她正利用业余时间补习文化，准备报考厦门大学的工商管理系，让自己的知识得到充实，以实现她最终的愿望——成为一位最成功的营销商。

适合人群：性格外向，外在条件较好的打工妹注意事项:要善于与人沟通,平时要注意培养与客人的感情,对于顾客的一些无理要求不要为了多销售而放弃原则,总之在与顾客交往过程有要做到有礼有节,不卑不亢。

三十六、网络练级师:最酷新行业

现在由于在线网络游戏热潮涌动,许多人都迷上了网络游戏,由于网络游戏中一般级别越高的人功力越强,武器也越多,在“江湖”上才能充当发号施令的角色,而级别从低到高却需要不断地进行“杀怪物”练级这种枯燥的操作。但由于游戏玩家中的大部分人平日忙于工作,无暇“练级”,如果下班后到网络至深夜不停练级,可能会导致隔天精神不济,工作出现差错。因此便有玩家主动向网吧负责人提出帮忙找“代客练级”的人。

于是许多网吧都开设了专门“代客练级”的服务,他们找来那些没有工作可以整天泡在网上的玩家帮客人练级,而被他们找来的“代练者”,除了付薪水之外,还实行“三包”,即:包吃包住还包抽烟。要知道短时间级并非容易的事情,熬更守夜更是家常便饭,在代练者的概念里没有加班加点的含义,所以包抽烟也多少算是网吧里的一种福利了。

一位网吧从业者表示,他开办“代客练级”后才发现,人们对在线游戏的痴狂程度惊人,也许是现实世界太多无奈,所以大家在虚拟世界里都想当强者,但又碍于上班和上课没时间练级，所以“代客练级”这个行业出现后，引起广大玩家的欢迎。

今年21岁的李某，人称“战神”，现在成都打工。据李某介绍，他从九岁开始就疯狂地爱上打游戏，那时还是打街机，他只要一有零用钱便会跑到镇上去打游戏，迄今为止他打游戏的历史已有11个年头了。这11年的游戏历史在老师眼中或许只是堆垃圾，但李某却相信这是他人生的宝贵财富。其中理由倒也现实——对于今天的他而言，游戏已经不是兴趣那样简单，那里面还孕育着他的“饭票”、“住宿票”。他告诉我们：“我在城里的一切开销都是靠打游戏赚来的。”

李某擅打联机游戏，“星际争霸”尤其是他的拿手好戏。按他的话讲，他的情况是“人穷技高，又喜欢为人师表”，所以在网吧里花光自己身上仅有的几个钱后就总喜欢守在机器旁边，指点指点刚上手的“菜鸟”。这样，在过过眼瘾、嘴瘾的同时也可满足作为一个星际高手的虚荣心。日子一长，李某“L君”的名声不胫而走，网吧里主动向他请教“游戏秘籍”的人竟越来越多。有一次，他正和网吧老板联手打“星际”，旁边一个二十多岁的男子对他说：“朋友，过来教教我。”李某欣然同意，结果，在总耗时3小时42分之后，那个看客被他初步“培训”成了“虫族低手”。临走之时，受教的男子给了李某10元钱。这10元钱的“学费”虽然微薄，但却让李某的脑子开了窍，于是从此之后，他就走上了职业“游戏培训”之路。

到目前为止，李某已经教了大大小小几十个学生，游戏种类主要是"星际"、"帝国"、"FIFA"、"CS"、"KOF"、"雷神"，虽说不上"桃李满天下"，但从中却也着实落了不少实惠。

但是光靠教"菜鸟"入门收入是远远不够他糊口和玩游戏的，由于经常经济紧张，入不敷出，所以他不得不白天出外打工，晚上再上网玩游戏。终于"战神"迎来了自己游戏生涯的"转折点"——某网吧老板开设了"代客练级"的新业务，了解李某的老板让他第一个成为职业练级师。李某所在的网吧提出三大保证：保证在一定时间内练到的级别；如果在练级过程中装备损失保证赔偿；保证在练级过程中偶然得到的特殊装备不会私吞。这三点让许多忠诚的玩家如获至宝，纷纷委托他们代为"练级"。

李某说如果在短时间内达到客人规定的级别或者获得了特殊的装备，那么代客练级的报酬还是比较丰富的。但前提条件是"代客练级"者必须是网络游戏的熟手甚至高手。

适合人群："代客练级"是一个新潮流、具创意的工作，不拘年龄、学历与性别，广受打工族欢迎。应征者首要条件必须是在线游戏热爱者，而且擅长网络游戏才能胜任；其次，必须精于在线游戏的操作，否则万一让客户的角色在游戏中发生损失，必然会引起纷争。

同时，在应征这个职务的同时，求职者也要先评估自己的身体状况，对于连续八小时以上专注在计算机世界里，眼睛与心脏是否能长时间的面对声光变化刺激下的屏幕，以免得不偿失。

适合人群：网络游戏爱好者。

注意事项：从业者应该对网络游戏有较深的了解并掌握较多的实战技巧。平时要多读一些游戏类刊物，将其中的游戏技巧记录下来在实战时加以运用。另外还要多与一些同道人士在网络上沟通。需要提醒的是不要废寝忘食地玩游戏，要爱护自己的身体。

三十七、摆个旧书摊：挖第一桶金的好方法

1991年，马伟高考落榜后，从浙江缙云县的一个小山村走出来，他来到温州，渴望像前辈们一样，白手起家，筑就辉煌。然而，两年的打工遭遇却明白告诉他，靠"无知之勇"打江山、碰运气的年代已成为历史。

平时，马伟就爱读书看报，渴盼从书报中寻到希望。一天，他想买本书，进书店后，却被书价吓走。站在书店门口，马伟感觉失落迷茫。这时，一辆板车经过，车上一捆捆旧书，准备拉到废品站当废纸卖掉。马伟眼睛一亮：温州还有很多像自己一样没钱买书却渴望读书的人，这是一个多么大的市场啊！

于是，马伟倾其所有，用高于废品站的价钱将这车旧书买下。

第二天傍晚，在一个农贸市场门口，独此一家的旧书摊开张了，租书、换书，马伟的旧书摊前生意兴隆。晚上一结算，净赚15元。

从此以后，马伟开始了白天到各大废品收购站淘书，以每斤0.5元的价格买下他认为有价值的旧书，回家后进行清洁、整理，傍晚再拿到农贸市场门口摆地摊以每本0.5~1元的价格出售。傍晚正是人们吃完饭出来散步的时候，那么进城打工者也做完了一天的活路，出来逛街，这时看到马伟的旧书摊便会停下脚步选择一两本书回去消遣。更有甚者，有人为了配齐自己的某套书或杂志还专门以高价委托马伟代为收购。

这样，马伟就靠摆旧书摊掘得了他的"第一桶金"。解析创业的"第一桶金"，首先，应寻找掘金的那把锄头。把握市场的敏锐，该是马伟的掘金之锄！

正是靠这种敏锐，使马伟日后创业的每一步都比别人走得稳和早：居民搬迁时，要扔掉许多旧家电、旧家具，而它们在农村却大受欢迎，马伟立即从"旧书"摊子跳跃到"旧货"市场。马伟很快建立自己的旧货物流系统。业务范围迅速扩大，不仅在温州建起了颇具规模的二手货市场，而且走出上海在安徽、湖南、山东等省建立了一个收购、出售、维修、租赁一条龙的旧货销售网络。

三分天注定，七分靠打拼。空等万事俱备，只怕白了少年头。对于进城务工的青年们来说，创业条件的"残缺"并不可怕，马伟的经历来正说明了只要有一双敏锐的眼睛，能吃苦的身体，那么就会收获到成功的硕果。

适合人群：有一定文化修养的打工仔。

注意事项：旧书可以到小区居民家上门收购，也可以到废品收购站购买，但一定要选择外表看起来不太旧的书刊，对一些满是油迹、灰尘的书刊应坚决不买。购买到的旧书应该先进行清洁和清理，修补好破损处，然后再进行出售。

三十八、贩菜进城：老本行新工作

七年前，罗孝法从山里出来，跟着同乡到北京贩卖蔬菜。刚到北京时罗孝法不会卖菜。最开始他跟着老乡在黄城根下的一个菜市场摆摊，因为不懂卖菜的门道，他第一次上菜上了很多胡萝卜——胡萝卜卖不完也不会坏掉，他简单地想。但胡萝卜虽然不容易坏掉，却根本没有人来买。

他没有钱住旅店或者租房子，11 月的天气里，每天晚上就睡在城根下的板车上。睡了有一个月，在 12 月里他才找到了一个类似于窝棚的地方住。

小学文化的他一点点地积累卖菜的经验，总结卖菜的“规律”。第一次上黄瓜他选择了用筐装的——他只看到筐上面的一层黄瓜笔直，没有想到下面的黄瓜都是歪瓜裂枣般，结果根本没人愿意买。后来他发现冬天上新鲜蔬菜，比如蒜苗、西红柿什么的利润大，但是数量要小，还得注意别把菜冻着了——冻菜没人要。他每天注意收集蔬菜的销售状况——韭黄好卖还是丝瓜畅销？今天几个主顾来问卷心菜？直到现在，已经来北京负责“零售”的他的媳妇儿，每天还是要做这样的笔记，把销售信息反馈给午夜去郊区菜市场上菜的他。

刚开始的时候，他连给菜装车都不会。绑得好好的一车菜，看人家不费劲就蹬走了，自己气力不差什么，却死活走不动，要不就是走到半路就散架了，菜掉了一地。半年以后，他已可以轻松而熟练地把一车菜绑得干净利落，蹬起来如飞。

从此每晚 11 时左右的王府井大街，你总会看到一个健壮朴实的小伙子轻松地蹬着板车，从已经开始冷清的大街上经过。他花大约两个半到三个小时的时间去城南端的蔬菜批发市场，再花更长的时间把菜运回城里，赶在人们起床上早市之前把新鲜水灵的蔬菜摆上摊位。他已经不用像开始时那样翻着箩筐检查蔬菜是否优质，半年多的观察和学习让他可以以一种专家的姿态看似悠闲地散步，用漫不经心的目光一下子发现最好的菜，熟练地跟卖家砍价，用最简练的动作把选好的菜装车——绳索在他手中上下飞舞如将军的剑、骑师的鞭、外科专家的手术刀。

一年 365 天的时间里，除了春节回家的 10 天和很少出现的生病动不了外，罗孝法风雨无阻地出现在路上，出现在菜市场里。问他刮风下雨也照样出来吗，他说当然啦，刮风下雨你们就不用吃菜了吗？然后他得意地笑了：刮风下雨蔬菜价格肯定要涨一些，虽然辛苦一点，但利润高啊！

但是这利润高到什么程度呢？2002 年他来北京的第六个年头里跟他去上菜时，他已经不再蹬板车了，鸟枪换炮，开了一辆面包车。这是他六年卖菜的成果——买了车，租了房子，把老婆儿子接来北京，儿子已经送到了幼儿园。但是他告诉我，其实一斤菜的利润只有几毛钱甚至几分钱，也有利润上 1 元的，但风险也大。然后他给我讲了一个最近发生的故事：他的街坊，一个北京老太太的儿子，最近下岗了。老太太跟他说："让我儿子跟你卖菜吧，挺赚钱的。"碍于街坊的情面，罗孝法答应了，然而老太太在仔细打听过卖菜的利润后不干了。她是这样跟他说的："利润这么低怎么行？一个月怎么也得有几千块钱的利润才好干啊。划不来划不来。"

罗孝法总结了很多关于卖菜的门道，比如说和单位食堂或者大饭店什么的搞好关系，揽一个送菜的活儿比市场上零售赚钱多了，比如说送蔬菜不如送肉赚钱，送肉又不如送小料赚钱——小料就是花椒、葱蒜什么的调料，利润几十倍。但是得有人、有关系。他以前曾经给一个饭店送菜，半年下来就赚了一万多块钱。现在他正在跟另一个单位食堂联系，先争取送菜，以后争取能揽来小料的活儿。

适合人群：进城打工有体力能吃苦的年青人。想从事贩菜这一行，需做好长期半夜 3、4 时便起床出车上菜思想准备。

注意事项:进菜是销菜的关键,如果菜进得好,价格便宜,那么销售会更快,收入会更高。那么在进菜时要注意以下几点:

以“质”赚钱。要保证蔬菜的内在质量,尽量进那么些不使用化肥、农药和激素的绿色蔬菜,这样才能以优质的产品赚钱。目前,国家已启动“无公害食品行动”,菜农应尽早抓住这一有利机遇。

以“廉”赚钱。进菜到销菜各环节要精打细算,以降低成本,达到以低成本的产品赚钱。

以“稀”赚钱。通过信息的收集,选择种植较少的蔬菜品类,以较少的品种去占领市场,以达到以稀少产品赚大钱的目的。

以“特”赚钱。根据人们口味的改变及食品回归自然的趋势,可进一些别人不卖,但市场需求的蔬菜品类,如多色的绿花菜、粉红菜花、紫色甘兰、红心萝卜、红绿辣椒等,由于当前种植面积小,所以特别名贵。还有如荠菜、药芹、马齿苋等营养保健型的野生菜及香椿芽、苜蓿芽等芽苗菜,以特色品类赚钱。

以“撵”赚钱。撵着市场走,一年不断线,贩卖大路菜,照样赚大钱。在蔬菜品种越来越多的情况下,不论种哪种菜,都得撵市场,谁撵上市场,谁撵得准,撵得巧,即使是大路菜,也能赚大钱。

三十九、为上班簇提供早餐:也是一门生意

在公司或学校门口卖糯米团和小菜,实在是很多人看不上的小生意。但就凭这小本生意,一位农村进城打工的大嫂不仅解决了生活问题,还干出了门道,干出了自信。

孔霞玲,44 岁,安徽省安庆市郊区农民,有一女在县城读高中,为了女儿有一个好的前途,前年她开始进城打工,做过保姆、清洁工等工作,现在孔嫂的"工作岗位"是每天早起在一家大公司楼下卖糯米团,兼卖两三样小菜。南方人爱吃糯米,将热腾腾的糯米铺开,中间放一些白糖或辣萝卜丁,再夹一根油条,裹紧,就做成了一个糯米团,售价为 1 元。

孔嫂每天早上 5 时多起来,蒸 10 千克糯米,糯米是头天就泡下的,然后用外裹棉被的大木桶装着,放到自制的小推车上。小推车有 2 米多长,这就是她的工作领地。小推车上再放上两三盆时令小菜,小菜也是头天腌制好的。无论刮风下雨,7 时以前,她都会到达自己的"上班地点"。由于长期在该处做生意,那个摊位一般没人强占。曾经也出现过摊位被人挤,后经老乡出面调解此事,因都是小生意人,事情很快摆平了。孔嫂摊位已摆了 5 年了。

孔嫂的生意很好,卖到 8 时多公司职员上班后,糯米就大致卖完了,于是转移阵地去农贸市场卖小菜,直到中午收摊。一天下来,卖糯米团净挣 20 元,卖小菜差不多也净挣 20 元,

一个月的收入在1 000元左右，一家生活问题基本解决了，还可以给女儿存200元。

孔嫂说她做生意不太会大声吆喝，但要想生意好，还是有窍门的。一是做生意的地点，卖小食品靠近大公司和学校较好；二是品种的选择，专做一两样即可；三是尽量利用资源，卖早点也分工合作，因卖油条的多，所以她用的油条有选择余地，一般先不用付钱，卖出多少再结算；四是卖的食品要做得干净漂亮，如小菜，她都要花功夫摘洗，腌的时间也要把握；五是本人要收拾干净，有一个好的精神面貌。孔嫂很满意，同样的小菜，她的总是卖得很好，价钱也不错，处理好的红辣椒可以卖到10元1千克，雪里红卖到4元1千克。

适合人群：进城打工的中年农村妇女。

注意事项：本文中的孔嫂，都40多岁了，又没有多少文化，家底不厚，还有在读书的孩子。生活很艰苦，怎么办？于是她们选择了进城市干起了好多本地人不干的活，如卖早点、摆地摊等小本生意。

小本生意的门槛是很低的，固定成本也不多。“小摊摊”支起来了，但生意不能“傻”做。要多动脑筋，在众多同业竞争中才会有所收获。比如，孔嫂总是把自己和小菜收拾得干干净净；在讨价还价中用上了“心理学”等。这样稍用点“小伎俩”，生意就好做了许多。

四十、文摘荐稿:剪剪贴贴也发财

"剪剪报纸也可以发财,这是真的吗?"如果说有人利用收购价才几毛钱一斤的旧报纸,每年创造出几千或者上万元的利润,你相信吗?但却真是真事,请看本文主人翁张镇的发财梦是如何实现的。

张镇是农村青年,读过高中后便进城打工。初与报纸结缘时,他还在读初中,当时只是把它当作认识世界的工具。而报纸作为一种"新闻易碎品",总是来去匆匆,难以给人留下深刻的印象,日后翻查起来也不方便,于是,张镇便萌发了剪报的念头。到初中毕业时,他已剪出了厚厚一本"科技知识读本",这是张镇最早的剪报集子。

到城里打工后,枯燥的业余生活让张镇更爱读报看书了,基本上别人打牌、下棋的时间他都在读报看书,有什么心得还会记下来。工友们还给他取了一个"书呆子"的外号。张镇所在的是一家专门修建高档楼盘的大型建筑公司,工长看到他每天都在读书写字,便专门考了考他,发现他有一定的文化修养,于是便把他调到的工地办公室,专门负责文书处理,比如写个报告什么的。虽然工资没有增加,但工作轻松多了。更难得的是他在办公室可以读到多种报刊。其中有一份某某文摘报,里面的文章都是读者从其他报刊上摘录后发表的。张镇心里一亮,他相信自己找到了一条致富路。

于是张镇一有时间，便将读到的好文章记录下来进行缩编，工工整整地抄在稿纸上寄给文摘报刊，开始由于不了解各类文摘报刊的需稿要求，发表的文章很少，但后来越来越熟悉，发表的文摘稿也越来越多，汇款单也就越来越多了。张镇尝到了甜头，干劲更足了，他自费订阅了许多地方报纸，然后专心干起了文摘的工作。一年下来，一算账，他竟挣了四五千元的稿费。

适合人群：有文化、对文学有一定的爱好，但认为自己创作的稿件还达不到发表水平的农村青年。

注意事项：选择文摘的原稿要针对各文摘报刊的办刊思想，这样中稿率才会较高。还有，选择原稿的报刊一般应是地方报刊，因为如果全国覆盖率较高的报刊一是荐稿率很高，二是文摘报刊的编辑可能会认为这种文章已经被大多数人读过，没有再次发表的意义。

四十一、小小卤蛋：创小本奇迹

去年春节后，一些四川人奇迹般地在国内的一些大小城市，用移动销售的方式卖卤蛋。他们每人推一个自制的小手车，小车非常简单，四个小轮子上搁放一块木板子，板子上面放一个大铝锅，锅里放着热气腾腾的卤鸡蛋，穿街走巷，用四川乡音喊着："正宗卤鸡蛋，一块钱三个，味道巴适得很"。就是这么一个不起眼的小小卤蛋推销模式，却让这种特色逐渐变得像新疆羊肉串那样小有名气，目前在全国各地已有数千人从事此业。

卖卤蛋者的启动成本只有200元左右，但很多人一天能销几百个鸡蛋，靠近旅游区的甚至能销售1 000个以上，每个只有几分钱的利润，但每天能够获得30多元到100多元收入，而且风险极小。

卤鸡蛋在全国各地都能见到，是一个有着普遍市场基础的产品，一点也不稀奇，而四川人的卤鸡蛋经营模式正是看准了这种市场基础，并对其进行改进，采取移动销售，像报童一样，把小产品推到顾客的嘴边，结果其销量出奇的好。一些固定销售卤鸡蛋的摊子自愧莫如。

在不到一年的时间里竟然在全国许多大小城市都有这种四川卤鸡蛋销售。他们采用老乡传老乡的模式，迅速扩张。四川是人口大省，全国打工的小范围分布也广。他们在打工的老乡之间，相互切磋传艺，有点“近亲繁殖”味道，但这些四川帮却把这个小生意做遍了大街小巷。以武汉为例，自从今年春末起，四川卤蛋进入武汉，很快就扩张开来，在4个月的时间里就使得从事此业的有900多人，而且做了这么久，依然生命力旺盛，吸引了许多其他行业、其他地区的人也参与。

适合人群：有食品制作和销售经验的农村进城打工者，男女老少不论。

注意事项：贩卖卤鸡蛋需要以移动销售的方式灵活推销，

现场激起顾客的消费欲望。以重量称秤的方式买进，以论个的方式零售，换一种方式销售获得差价。价位应统一，用1元的方式不用找零，给那些行动匆忙，特别是买早点的人提供了方便，促进了销量。

四十二、怪味烧烤：小项目做出大生意

在食品行业中做烧烤的很多，但有特色的却没有几家，这里介绍的是怪味烧烤的创作者的故事。

李冬梅原是云南乡下人，在家乡先后养过猪，做过小吃生意，但都因经营不善和缺少商业氛围而关门。去年5月她到昆明的亲戚家串门，听亲戚说搞流动烧烤本小利大赚钱快。于是她决定进城做烧烤生意。她先是在街头、学校旁、夜市等地方摆烧烤摊，卖了一段时间后，生意总是没有大的起色，因为她感觉自己的烧烤和其他人的烧烤一样总是一个味道，没有什么特色，所以光顾的人就越来越少了。

怎么样才能烤出特色呢？她冥思苦想，同时买来很多食品方面的书籍认真学习，不断钻研调味技术，改进调料配方，大胆实践，反复试验，最终成功地总结了一套特殊的技术工艺——怪味烧烤，即采用中药材甘草粉、香料、八角、排草等30多种调味配方，在一定温度下腌渍烧烤原料，再穿串烤制。新串上摊后，一炮打响，出现了排队购买的势头，由于她烤出的荤菜色泽金黄，肉质滑嫩，素菜酸辣适中、清脆爽口，口齿生

香，看着想吃，吃了叫绝，吃后有调肺润肠、增进食欲等保健功效，吸引了大量的顾客前来购买，生意出奇地火爆。仅两个月的时间她的纯收入就达到了4 000多元。

意想不到的效果，使前来拜师学艺的人络绎不绝。现在李冬梅已在闹市区租了一个门面，挂起了怪味烧烤的招牌，每天烧烤店里座无虚席，在春节期间，预订者还排起了长队。

目前，经过对配方的不断更新，她已经调制出猪、牛、羊、鸡、鸭、鹅、鱼、海鲜、蔬菜等八大不同口味几百种香豆腐、酱香烤鱼等风味烧烤让顾客久吃不厌，赞不绝口。一位资深的食品界人士尝了她的烧烤后说：怪味烧烤属市场冷门，有着广阔的市场前景，它不仅投资小，风险小，而且幅地该项目独辟蹊径，能融饮食与保健为一体，不失为一有登上餐饮业大雅之堂的绝佳项目。在谈到未来打算时李冬梅说，她正准备开办怪味烧烤加盟店，让怪味烧烤真正成为有识之士的生财之路，她坚信在为期不长的时间内，满口香怪味烧烤必将走红市场，撒遍全国，最终成为烧烤业的王中王。

适合人群：有一定饮食制作经验的打工仔或打工妹。

注意事项：现在做烧烤的人很多，所以以特色取胜是从事这个职业能否成功的关键。多开动脑筋，试验各种不同的配方，以味道为先，然后再配以干净卫生的菜肴，清洁整齐的操作环境，相信顾客一定会盈门。

四十三、销售卡通画:也能从中淘金

2002 年,在地里刨了大半辈子的于光荣,万万没有想到自己的土地会被划进当地的经济开发区。于光荣手捧着几万元农转非的安置费,心里开始为自己的下半生着想了。虽然变成了城里人,但没有工作,也没有土地的他应该怎么样生存下去呢?是抱着几万元钱就此混下去,还是去找一份工作?最后他决定还是到城里去找工作。可是怎么也不找到合适的工作,他只能呆在家里,终日一副无所适从的样子。

一天,在家觉得憋闷的于光荣应好友的邀请,去看他装修的新房。刚一进门,于光荣便被挂在客厅墙上的一幅卡通画吸引住了:画上的卡通人物形象夸张,幽默风趣,画面色彩艳丽,立体感极强。于光荣连忙问朋友有关这幅画的情况。朋友告诉他,这种卡通画是用新型 PVC 材料制成的,这在目前还不多见。片刻思索后,于光荣突然来了灵感:现在的儿童整日与动画片和卡通画为伴,就连一些成年人也津津乐道于较为好看的动画片,很多惹人喜爱的卡通人物更是众所周知,市场上用卡通画促销产品的比比皆是。因此经销卡通画一定是条致富途径,一方面可以抒发闲情逸致,另一方面也可给自己带来一些收入,真是一举两得。

说干就干,第二天,于光荣就开始对周边城市进行市场调查,结果正如朋友所言,目前附近地区市面上并没有这种产品出售。于光荣抑制不住欢喜的心情，赶紧找那位朋友，将自己的想法告诉了他，并打听到这种卡通售卖点。紧接着，于光荣迅速买回几百件样品，拿到小区门口试销，没想到那生动形象的卡通画引起了居民的强烈兴趣，他们一看到这种既漂亮又实用的卡通画，就将于光荣围了起来，询问卡通画的价钱。由于于光荣的卡通画新颖别致，定价适中，结果不到半天，所有的卡通画就被抢购一空。于光荣收了摊，粗粗一算，除去成本，净赚了 1 000 多元。

有了第一天的收获，于光荣大受鼓舞。第二天一大早，于光荣赶紧又购回了价值 3 000 元的卡通画上街推销。短短几天过去了，于光荣又将这些卡通画销了个精光，结果净赚了 2 000多元。渐渐地。于光荣便入了行，摸索出了经营卡通画的门道。他拿了些卡通画到很多学校里的小店让其试销，并留下名片。让于光荣欣喜万分的是，几天后，店主们果然打电话要求送货，并达成永久合作的协议。

一个多月过去了于光荣的卡通画在当地和周边地区引了很大反响，人们求购的呼声接连不断。于是于光荣毫不犹豫地聘了十几名业务员专门跑市场，同时又招聘了些设计人员，设计开发品种多样的卡通产品。由于立体卡通画人见人爱，又有庞大的消费群体，根本不愁销路，利润较高，仅用几个月时间，于光荣便卖出了好几万张卡通画，今年，于光荣每天能销售立体卡通画 4 000 张以上。不到一年时间，于光荣就赚回了近百万元的财富，而且生意越做越大，越做越红火。

现在每当提及自己的创业经历，于光荣就觉得有些幸运：真得感谢朋友的那副画，是它激发了我的思维。其实财富就在你的身边，只要你善于发现别人视而不见的市场盲点，财富与你的距离也就越来越近。

适合人群：有一定美术修养的打工者，虽然你也许不能像文中于光荣那样赚到上百万的家产，但如果能举一反三地将这个生意经运用好，那么发家致富并不是梦想。

注意事项：由于立体卡通画和现在其他货物一样并不像当初一样流行，所以进货不要太多，试着看看销路，如果可行的话再加大进货量。

四十四、小小甜品摊：做出事业来

广东人喜欢吃甜品是全国都闻名的。梁启辉是地道的广州人，进城打工的他长期以来都喜欢光顾一间大排档的糖水店，用他自己的话说，“那里的出品顶呱呱”。每次吃糖水，他都是从老远专程而去。

2002年年底他从打工的工厂出来准备自己做生意。也许是抗拒不了那甜入心扉的感觉，梁启辉第一时间就想起了开家糖水档，于是一门心思拜师学艺，自立门户，做甜品生意。在妻子的鼓励下，梁启辉正式拜师学艺，天天十多个小时蹲在后巷洗红绿豆，炒芝麻，煮糖水。半年后，他终于学有所成。

但是学会了手艺是否就意味着成功？这又未必。梁启辉的师傅收过三个徒弟，一个学完了没有做这行，一个开店失败了，另一个就是他。梁启辉的糖水摊开业地点选在东山一条较为偏僻的小街上，全街没有食肆，人流也不多，但他的目标不是做生客生意，生客没有保障。梁启辉希望吸引的是像他那样驾车来吃的有心人，他想只要糖水味道好，他们会再来，所以他选定这条方便泊车的街。而且，他自己也住在这个区，省去很多交通时间和费用。他说，经营这个行当很花时间和心思，节省时间就等于降低了成本。

能够做到"品质只此一家"是梁启辉成功的关键。他的"独门秘技"就是甜品的质量，从买材料到煮食，梁启辉全部亲自动手，天天用石磨磨芝麻，炒芝麻，浸绿豆，煮糖水。为了营造自己的特色，他更自创了款式各异的甜品。他的经营信条不外乎三大原则：健康、卖相、味道。

眼见广州以及"南、番、顺"一带很多成功的甜品店都以"炖鲜奶"成名，梁启辉就想到结合他的招牌芝麻糊，创制"芝麻蛋白炖奶"，因为它首先符合了第一原则——健康有营养，但要符合"卖相"和"味道"，却不那么容易了。

梁启辉所指的"卖相"除了要美观，还要让顾客知道自己在吃什么；而"味道"则要让顾客吃得出各种不同材料的原味。结果，他花了三个月的时间去研制，才有了现在这个独特的效果——外围是雪白的炖奶，中心点是黑色的芝麻糊，壁垒分明。

果不其然,“芝麻蛋白炖奶”一经推出就广受欢迎,成为了甜品摊一块“招牌”,令营业额倍升。梁启辉还向食客介绍了一套食法:先吃炖奶,后吃芝麻糊,最后将两者混合吃,便可以吃出三种味道来。

现在梁启辉的甜品摊已经变成了甜品店,地点也由东山小街搬到了面积60平方米的常平,总共雇了8个伙计,提供超过30款甜品。而各种创新的特色甜品也在不断推出,如口感和卖相都很像咖喱糖的“芝麻爽爽冰”。

在食客们的相传之下,名气是有了。但梁启辉仍然倍加小心,现在依然是每天花五个小时做准备,每天炒七八斤芝麻。如果甜品煮得不好,就一整锅倒掉,连伙计也觉得“心痛”。但梁启辉就是不允许自己的产品“不过硬”,一次做得不好都不会蒙混过关。不过,由于做甜品的毛利比较高,所以他现在所赚的也比从前多,但一切都是当初辛苦付出的回报。

梁启辉表示,一个人创业的年龄大小并不是关键的,但投入前一定要做足“功课”。比如说在东山刚开店时,同一地区只有两间甜品店,但后来已经有四、五家了,如果现在开店的话,这个地段就不是好的选择。此外,还必须有足够的心理准备,特别是离开原来的行业投身到另一个行业,因为不但要付出加倍的努力,同时自己的生活甚至家人的生活也会受到影响。今天,踌躇满志的梁启辉坦言自己当初的选择没有错:

“这盘生意会否令我成为拥有百万家产我不知道，但它让我和家人能过上丰衣足食的生活却是毫无疑问的，这个世界没有不可能，只要有双手，甚么也做得成。”

适合人群：有开饮食店经验的打工者，男女老少均可。

注意事项：干净、卫生、整洁、好味是基本的要求，不断创新是事业发展的保障。

四十五、网上开餐厅：时尚创业赚钱丰

阿欣高考落榜后，自费上了一所民办大学。毕业后在城里没有背景的她难以找到专业对口的工作。无奈之下，只好到广州一家专门为外国人开的酒吧做侍者，薪水加小费，每月有近2000元的收入。

阿欣做这份工并不开心，像她这样的农村女孩，在酒吧遭遇委屈的事儿是免不了的。暧昧的柔光下，缠绵的英文歌曲里，有时开放的洋顾客会乘着酒兴做出一些出格行为。开始时为了守住工作，阿欣只得敷衍着，可时日渐长后，生性贤淑的她越来越无法忍受。

一天，阿欣给在电脑公司就职的男友送午餐，饭盒一打开，色香味俱佳的菜肴和广州人爱喝的靓汤，马上引起男友同事们的纷纷夸赞。他们拍着阿欣恋人的肩，一副羡慕得要死要活的“酸样儿”。阿欣在欣喜之余突然悟到：现代人的生活节奏快，工作压力也很大，写字楼里的白领们根本无暇准备午

餐，往往只随便吃点小吃，或去麦当劳、肯德基等洋快餐店，这样既不经济也不实惠，如果将精心制作的配餐和营养丰富、热气腾腾的家煲靓汤及时地送到这些工作繁忙的白领一族面前，一定会有市场！

阿欣为这个想法兴奋不已，她准备利用自己出色的厨艺，在一个公司林立的商业区开家餐饮店，可是广州繁华地段的房租贵得惊人，一个不大的店铺每月都要 2 万元，如此做起来她的小店很可能入不敷出。这时，阿欣的男友为她出谋划策说，有一个不需要投资的经商方法，对想当老板但又苦于缺少资金的年轻人很适用，那就是"零成本网上创业"。网上开店的最大好处是无需租店面和仓库，省去了实营店应缴的一切费用，只要你是一个合法网民，有需要出售的物品，都可以在互联网上过一把老板瘾！真是"一语惊喜梦中人"，对互联网并不陌生的阿欣听了男友的点拨后茅塞顿开。

于是她辞去酒吧的工作，决意做个"网上老板"。萌发了开间网上餐厅的大胆念头后，阿欣查阅了大量的食谱，为顾客精心设计出 20 多种不同风味、搭配合理的套餐。她准备了一台二手笔记本电脑，配上调制解调器，联上了互联网。男友为阿欣制作了一个精美的网页，经过半个多月的准备，一个"网上快餐店"终于开始营业。那一天，阿欣的心激动得"怦怦"跳个不停。

阿欣印了 3000 张折叠式加香名片，外层有"网上餐厅"

的网址和电话，展开后又有各式各样的套餐和靓汤名字映入眼帘。阿欣将这些名片散发到市区内一幢幢摩天写字楼里之后，就开始坐在家里的电话机旁，盯着电脑屏幕期盼着订餐邮件或电话的到来。忐忑不安地苦苦守了一天，却没有盼来一份网上订单！她只得把当天下了很大功夫制作的套餐和靓汤全部倒掉。

漫长的三天熬过去了，心急如焚的阿欣终于等来了第一单生意。渐渐地网上订餐的人逐渐增多了。尤其是三个月后，一到中午，阿欣房间里的电话铃声就此起彼伏，应接不暇，订餐 E－mail 有时简直能挤满她的电子邮箱。随着时间的推移，已经有近 30 家公司成了她的“网上快餐”店的长期订户。后来阿欣又雇了 10 多名上门送餐的员工，并请了两位厨师按她的设计做出不同档次的套餐和靓汤。为了保证质量，她严格控制每天只制作 600 盒配餐，另外，搭配每盒快餐还赠送给顾客一款任选的靓汤。

每周一，阿欣就把一周的配餐计划发布在网页上，每天按时上网接收订单。她每天早上五点就去菜市场精挑细选原料，回来后严格按食谱配料，烹制过程一点都不敢马虎。因为这个聪颖的女孩深知，广州人“嘴刁着呢”，家汤煲得缺一点火候，白领食客们马上就能吃出来。在网上做生意，诚信千万不可小视！一定要讲究信誉度，这样能够招揽稳定的客户。有一次，一位订户接到快餐，嫌送餐员工用的时间长，饭都不太热了，于是就不满地发了一封邮件给阿欣。阿欣看到后，当即骑上摩托车，亲自将一份冒着热气的“精品套餐”和靓汤免费送到对方手上，并诚恳地代表手下员工向那位小姐赔礼道歉。这件事传开后，她的“网上餐厅”在白领食客中更是声名鹊起。

现在除去成本和员工开支，阿欣的“网上餐厅”每月已至少有 1 万元的毛利。如今的阿欣正全力筹备建立一个餐饮娱乐网站，开启一扇更壮美的创业之门。

适合人群：这一项目适合那些对计算机网络有较深入了解的打工仔，最好能自己编写网页，并在网上发布，这样能大大降低成本。

注意事项：最好拥有自己的域名，域名应该好记上口，并多印制名片到写字楼、学校、机关等处广为散发。另外，盒饭的质量要有保证，这样才能有长期的客源保证。

四十六、农贸市场摆个服装摊：专为低收入者服务

蓝桂芳是从农村到城里打工的外来妹，干过多种工作但都因为种种原因被辞退了。从 2002 年 3 月开始，她在城里的一个农贸市场租了一个 12 平米的摊位，以出售服装谋生。她主要是卖童装、内衣等低价服装。房租一年 500 元。她用原来打工攒下的钱交了房租，然后找亲戚借了 1 000 元作为流动资金，开始“做生意”。

蓝桂芳每月到批发市场进两到三次货，刚开始进货在千元左右，现在胆子大了，每次进三四千元，还囤一点货。由于她的进货点已相对固定，价格比较优惠。她算了一笔账，每月房租、电费、管理费，固定成本是100多元。她每天早上带上午餐7点出门开业，中午饭在附近的小吃摊上热热，晚饭由丈夫做。丈夫有时也到摊位上帮帮忙。现在，各方面理顺了，平均每月能挣500~700元。春节前生意不错，腊月廿九她一天的营业额就有300多元。所以到过年后她一算账，不到一年的时间，就净赚了5 000多元，比帮人打工强多了，除了体力付出少了之外，精神上也愉快多了。

长期的商业实践也让蓝桂芳积累了一些经验，还指点着家乡的姐妹也租摊卖货。她对“做生意”津津乐道：虽然是小本生意，也还是要动脑筋。一是要适销对路。这里是个菜市场，消费者基本上是本地人，进些便宜、式样好的童装好卖，即使赔了也不会赔得太多；二是选好进货渠道。供货商最好相对固定，这样价格上会有细微的优势；三是要热情周到。周围商家都卖得差不多的货，谁说话客气就可能留住买家，而且买家大都是回头客；四是要分析顾客的心理。价格并不是越低越好，有时，同样的货就得比别人卖得贵，也会有人买她的，而不买别人的。蓝桂芳说，这里讲究的是个“巧”。

收入稳定让有一个在读高中的蓝桂芳就吃下了定心丸，她说还要好好干几年，至少到儿子大学毕业，找到工作她才能回老家。

适合人群：进城打工的农村中年妇女较适合干本职业。

注意事项：进货要有针对性，多进一些适销对路的服装。进货要从大的批发市场进货，与批发商建立良好的关系，这样才能拿到好销的产品。对顾客则要热情服务，经常换位思考，从顾客的角度想问题，这样才能让他们买得放心，成为你的回头客。

四十七、玩狗：也能让你赚大钱

长沙妹子小眉是个幸运儿，进城市没多久便找到了工作，进了一家印刷厂上班。她又很“背时”，工作两年时间，厂子就倒了，她只好回乡下“休息”。岂料一年过去，也没找到再就业的机会。

身为农村建筑包工头的老爸看到宝贝女儿整天一脸愁容，就为她买回一只小狗解闷。小眉的身边有了小狗狗之后，无聊的日子开始有了改善，看上去她似乎找到了一种精神寄托。只是，谁也没有料到，这位有心机的女孩，“玩狗”仅半年时间就悄悄做起老板来了。

原来，小眉在“玩狗”的日子里，时常与“玩狗族”混在一起打发时光。其间，她发现许多闲得无聊的女人对宠物十分痴迷，从而激发了她开宠物专卖店的灵感。她认为“根据形势的发展”，“玩狗”必然成为一个赚钱的新路子。

小眉找老爸要了几千元钱，又跑到城里在一条偏静路段，租了一间20平方米的铺面，做起了宠物生意。小眉的铺面布置得很有情调，迎合了爱狗人士的生理。小眉说，自己没什么特长，做生意有句俗话，不熟不做。她认为，随着都市人生活水平的日趋提高，"玩狗一族"必然会成为城市中的一道亮丽的风景线，可以说这就是一个现实的致富门路。

起初，小眉的专卖点只批发、零售宠物服装。没料到这单一的生意也出奇地红火，每天居然可以赚到100元的利润。但这个利润数字只能持平每天的开销，无盈利的店子就等于失败二字。换言之，服务内容单一，生意再旺，效益也是有限的。

小眉开始动脑筋。要发展，必须在做好原有项目的前提下扩大服务种类。随着对市场行情的深入了解，小眉觉察到宠物身上尚有许多潜在的商机值得挖掘开发。于是，她招兵买马，拓展阵容，在店里又增设了宠物美容，宠物病伤预防，宠物暂时托管业务。这番捣弄的确使店子添色不少，前往光顾的客人更是络绎不绝。

在工作中，小眉处处留心观察身边的事物与新的资讯。在与众多"狗主人"一起交流养狗的心得与体会时，小眉了解到诸多"狗主人"的内心世界有一些代表性的愿望，而这些"收集"与积累又成了她日后发展业务的成功阶梯。有例为证，小眉在与同道中人聊天时，听到最多的声音是要"给心爱的宝贝拍照留念”，这些“发烧友”总抱怨摄影店的大师傅不懂宠物心性，导致所拍出的照片效果很不理想，同时表明只要拍得好，多出点钱不在话下。小眉听后灵机一动，自己干嘛不再增添一项宠物摄影服务呢？一般的“玩狗族”也是有钱的群体，遂了这些人的心愿，你就等着收票子吧。自己早熟悉了宠物的情况，应该可以捕捉到它们的最佳表情。

有需要就有市场。小眉立马请装修师傅在店里辟出一块空间，布置成宠物摄影室。由于她多年与宠物为伍，因而对它们的“德性”也有所掌握，加上开店后潜心研究它们的心理特点，对这个“玩狗”资历颇深的人而言，要给宠物拍出好照片舍她其谁。可不，宠物摄影很快成了小眉赚钱的“拳头项目”。据保守统计，仅摄影这项服务，每天的营业额均在300元以上。

为将店子弄得更有意思，小眉还特意托人从美国购入一些栩栩如生的宠物摆设、贴纸及饰物等，把20平方的空间装潢得趣味盎然。小眉说：“我在摸索中发现，赚钱一定要有新意，因为都市人总喜欢新鲜感，做宠物生意就更要有前卫意识，引导顾客接受时尚消费。”小眉为给“发烧友”提供多方面的服务，也为自己的店子经营得有声有色，她还增加了出售宠物罐头食品、零食，以及宠物玩具、雨具、生日蛋糕等新玩意儿。

现在，小眉这间20平方米的宠物用品专卖店，平均一天下来的总营业额达 1 000 多元，让其他行业人士感到“不可思议”。

适合人群：爱狗、了解狗的打工者。

注意事项：要多看相关书籍，对各种宠物狗有基本的了解，这样才能与顾客有共同的语言，才能让顾客把你当成知已。这样生意才会越做越顺。

四十八、摆个盒饭摊：小本生意赚大钱

进城打工的农村人想在城市里立住脚，最大的制约不是技能，而是资本，他们没有大量的金钱投资到商业中以牟取利润。所以如果不想帮人打工仅挣碗吃的话，那么选择投资小、风险小而利润又较高的行当是值得考虑的。小本经营的特点是大众化，最基本的定位在满足大众日常生活需求上。

这里将向你介绍一个符合上述要求的行当：摆个盒饭摊。

刘发清是将小本生意一点点做大的成功个案。2000 年，刘发清进城便有自己创业的思想准备。刘发清知道：人是铁，饭是钢，一顿不吃饿得慌，一日三餐谁也离不了，这可是个潜量巨大的大众化市场，适合小本经营。考虑到学生消费水平有限，时间紧，要填饱肚子又要营养够，现在又流行快餐，于是，他便尝试做些盒饭到学校门口卖，两元一盒，果然被一抢而空。刘发清暗下决心，就搞快餐。

刘发清一门心思寻求合适的快餐经营场所。首先，摊位

不能离学校太远，学生用餐是基础；其次，摊位要在要道口，客流量是可持续发展的关键。几经侦察，他最终选择了位于两条大街相交处的一处地方，并办齐了相关占道手续，将自己的快餐小车取名为“迅捷快餐车”。

紧接着是目标市场定位和产品定位。快餐，就应便捷，办公室、教室、车间甚至工地，或站或蹲或坐，随处可吃，目标顾客主要是学生和工薪阶层。快餐也有高、中、低档之分，摊位上出售的快餐应以中低档为主，卖点是价格低、吃得饱，“两元三元吃饱，四元五元吃好”，这其中的实惠要让顾客看得见。

为了多创造出一些新的菜肴，刘发清经常翻看各种烹饪书籍，力求口味上与众不同。“端午节的时候，我就是用经过多次试验的方法来包粽子，结果粽子一摆出来就卖完了。”

满足大众生活需求，薄利多销，让刘发清避免了创业初期的阵痛。如果说低价位让刘发清站稳了脚跟，而家常风味却让刘发清长足发展。

一次送盒饭到机关，听订盒饭的人议论：无论那家的快餐吃来吃去总是那几种味道，还不如回家吃菜粥，吃小鱼小虾。刘发清一听，心为之一动，回去后他立即搜索各种家常菜的烹饪方法，由妻子掌勺，领悟配料、火候等要点，反复试验，直到口味纯正为止。

家常菜因为有亲切感，所以有亲和力，一般人吃得惯，即使高收入阶层也愿“换换口味”,所以到了午餐时间刘发清的快餐摊总是门庭若市。

满足了顾客的需求,需求就不断涌来,事业就可以不断扩展。现在,刘发清正准备寻找合作伙伴,加盟连锁,并注册商标,将“迅捷快餐车”向更高层次、更广层面推进。

适合人群:有餐饮业服务经验的打工仔,能独立掌勺则更好。

注意事项:做餐饮质量和服务最重要,一点也马虎不得。从买菜到净菜、切菜、烧菜,都要直接参与,不容半点差错。未经检疫的、直感不放心的猪肉、食油、鱼虾等不能购买,有时可以直接到农家订购、挑拣,洗过的叶菜过夜就要扔掉,不新鲜的、农药残留量大的蔬菜不用,这些都是基本的原则。

四十九、无水洗车:小社区的大生意

近来,“无水洗车”业务正在全国悄然兴起。它既方便、优质又无一滴污水。来自惠州的乡下青年陈秋明上月开始到一家位于××花园旁边的无水洗车公司打工。笔者来到这里,看见店门上挂着醒目的招牌“汽车保姆”。门前路边停着五六辆轿车,陈秋明正和两个工人一起忙不停地为汽车清洗、打蜡、吸尘、蒸桑拿。路上不断有车开过来停下,不一会儿即排成了十几辆的车队。陈秋明说,他们每天要洗到很晚,有时要干到十一二点,而早上天一亮又会有车来洗。

说是洗车，但陈秋明打工的洗车店显得不同，仅有一间不足10平方米的屋子，里面整洁地摆着一些洗车用品。门外既无洗车场，也无水管、水枪、水缸，更无下水道、排水沟，不见水柱乱喷泡沫纷飞。每个工人一手拿一块柔软的抹布，一手握一罐洗车剂，在车的里里外外细心擦拭。经特殊专用洗车剂擦拭后，车体明亮自然，丝毫无损，车内芳香宜人。

陈秋明说，他老板开的这个环保“无水洗车”店付了加盟费5 000元，加上购买材料、设备、洗车卡、租房，共投入约1万元。开张才两周，已有十几台车买了包月，仅每天散洗即收入四五百元。这个花园里有800辆车，来买包月、洗环保车的越来越多，已经忙不过来，收入可想而知。

“无水洗车”即是仅使用一种特殊的光亮剂喷擦车辆，因不用一滴水，环保意义异常重大，北京、天津、上海等大城市相继推广。据了解，冲洗一辆小轿车，用软管要耗水200升，用高压水枪冲洗要耗水30升，采用自动循环水系统洗车每辆要耗水15升。北京市统计，全市一年洗车的用水量相当于一个多昆明湖或6个北海的蓄水量，推行无水洗车后节约了大量的水资源。

上海市拥有各类车辆160余万辆，其中包括轿车在内的各类小型客车有30万辆。以往洗车一直使用泡沫加水枪的方式，洗一辆车耗水至少200升。有关部门算了一笔账，如果一辆车每周清洗两次，这些车辆的全年耗水量就达500万吨，这对水资源缺乏的上海是很大的压力。况且在大街小巷分布的数千个洗车摊点，每天大量的洗车污水在马路上横流，城市不堪污染。为此，上海浦东新区于2003年率先推行无水洗车项目，经过试营业，反响良好。

据了解，如果加盟"无水洗车"，可以选择两种方式。其一，仅需交纳5 000元的押金，就可以负责一个居民住宅区的洗车业务。同时每个月再另外支付一定的货款和管理费，可以聘请几个员工洗车，这样就成了名副其实的"小老板"。其二，如果不想交押金，也可以先到指定的地方接受培训后，分配到某个物业公司当员工，专门洗车，这样每个月也可以拿到最低生活收入600元，并可根据每个月的业务量再有所增加。

现在陈秋明已决定选择第一种方式：花一些经费当一回小老板。

适合人群：能吃苦耐劳的男性打工仔。

注意事项：如果仅仅是在无水洗车场当小工，则只需注意自己的工作安全即可。如果是加盟无水洗车业，则需注意一下，因为有一定的投资，所以在加盟前一定要多加考查，了解一下你准备开业的小区有没有洗车场，如果有，生意如何，如果没有，那么潜在的顾客有多少。

五十、出租自行车：新行当投学生所好

一种新兴行当——自行车出租，在全国许多地区的高校

周边崭露头角。

在四川大学华西校区西大门内不远处有一家开张不久的自行车出租行。在这家大约 5 平方米的店面里，摆放着二十余辆各种款式的旧自行车。店面外，还停放着几辆等候维修的旧车。

据该车行老板老郭介绍，他在城里打工多年了，过去就在这间大学的维修组工作。学校人事制度改革，大量精简人员，故他在拿到了一笔遣散费后离开了学校，但对学校有了感情的他总舍不得离开这个熟悉的环境，于是花很少的钱在学校里租了一个铺面，然后在九眼桥二手自行车市场买了二十多辆旧自行车，回来经过维修、清洗，使这些旧车焕然一新。

老郭以每辆车每天 2 元的价格出租给学生，深受学生欢迎。车行开张 3 个月以来生意不错，租车的顾客主要是高校的大学生，现在每天能租出十多辆自行车，如果是节假日那么生意是更好了，基本是没有剩余的。

在这家自行车租赁车行你会看到一张价格铭牌：学生租用普通款式的自行车，需要向车行交 100 元押金，租金每天 2 元，如一次租一月则只需付 30 元即可。

惹人注意的是，这里也打出了服务承诺。比如顾客在归还自行车时，出现车圈锈了、轮胎破了、钢丝断了等小问题时，不需要另外赔偿。

两位前来光顾的大学生说，买部新车，在毕业时很难处理。而收费较低的出租服务既能满足眼下的学习生活需要，也避免毕业时自行车难处置的麻烦，这是一个两者都受益的项目。

老郭说，买20辆自行车他花了约1 000元，铺面的租金每月约100元，但收入却能达到每月700~900元。如果想在城市里打工，那么你会不会学老郭开家自行车出租行呢？

适合人群：在大学里和周边打过工的农村中青年人。

注意事项：购买用于出租的自行车要有正规的手续，不能购买脏车。出租的自行车要经常进行清洁、修理，让它们时常保持最佳状态。

五十一、数码照相（摄像）：造就赚钱新行当

当一些人对DC（数码照相）或DV（数码摄像）还不是很了解的时候，这种在各大商场和卖场销售的，2 000~5 000元的DC，4 000~10 000元DV已经拥有越来越多的消费群。DC和DV拥有的一个最大魔力，就是笼络了一批“发烧友”，他们通过DC和DV，开始了商业化的道路，并通过DC和DV做起了赚钱的行当。

张卫东与一般的电视人有些与众不同，他进了咖啡厅二话不说，先从包里掏出一堆东西：两种牌子的香烟、打火机、“贝洁”口香糖、商务通、手机，甚至用一个小包精细地包好两支笔。“别人总是会用‘小资’来形容我们，其实不然，这是我

赚钱的行头。”——这是张卫东的开场白。

就是这样外表“张狂”、有一定文化素养的青年人，进城后就一头扎进了电视新闻界，后来又自己出来打拼。他很自信，对自己的前途充满信心。

最开始，张卫东是买齐了 DC 机、电脑、打印机等，在一家大商场的楼梯角落租了一个摊位开始用顾客提供数码照片的制作。他的收费不贵，制作一张 6 寸照片只需要 10 元钱，如果打印时不用相纸而选择普通复印纸的话，仅 5 元钱就够了。一时间，张卫东的摊位上顾客盈门。仅半年时间他就挣回了设备款。

两年后，张卫东有了基本的积累后又转行开起了 DV 制作公司。

“什么叫 DV？所谓 DV，并不是简单的 DV 机，而是指数码影像和音像混合产品。”在这里，张卫东用“产品”来对 DV 下定义，并把和 DV 有密切关联的电影形容为“先有票房，然后才会产生的艺术。”在这种浓浓的商业情结中，张卫东的商业运作开始付诸行动了。

张卫东是做电视出身，在旁人的评判中，他的风光片拍得一级棒。“可是没有人想播我的片子。”张卫东曾经为此苦恼过。

在广州珠江路上有近十家影视制作公司，这些小公司主要为普通大众提供刻碟及编辑服务。张卫东的小公司就在其中。据了解，在张卫东的公司里，顾客拿着自己的DV后带到他的公司刻一张半小时至一小时左右的VCD光碟，费用是20元左右，如果需要加上粗略的编辑，如配上片头、字幕，进行简单的剪裁，那费用就要增加到三四十元——这是目前市场上的通价。

“现在，很多前来刻盘的以家庭居多，为了满足顾客在家里自己动手做节目的需要，我们已卖一些相关的设备。比如1394卡（视频采集卡，用于DV与电脑之间相互转换），我们的销售情况就很好，许多人在这里看着我们制作过程后便想自己试着弄，所以就买回去。”张卫东告诉我们。这种专业的编辑卡由于性能的不同在张卫东的公司里售价从几百元到几千元不等。每天，从他们公司零售的1394卡都要两三块，一般家庭购买的价格在千元左右。在制作DV节目利润越来越薄的今天，随带卖一些DV或电脑相关产品也算是一个贴补。

随着人们物质水平的提高，对精神消费的需求也会越来越多，我们相信张卫东的数码生意会越来越好。

适合人群：对数码设备如计算机、数码相机、数码摄像机有较多了解的农村青年人。另外，还需要对一些DC编辑软件如“我形我速”和DV编辑软件如“会声会影”等能熟练使用。

注意事项：由于价格因素，我们这里介绍一下数码摄像机的购买方法。

DV 机如果按其外形尺寸来分，可以分为普通型与迷你型两种。迷你型外观时尚，其所使 DV 带也只有普通 DV 机的一半左右。如果按镜头的摆置来分，可以分为竖置型与横置型两种。而按消费者的消费能力来分，可以分为“入门级”与中高档两类：入门级的 DV 机其像素以 80 万为主，像佳能 5000、索尼 16、三星 702 等机型，其价格大约在 5 000 元上下；而中高档 DV 机的像素则在 100 万以上，像索尼 25、索尼 27、松下 GX7 等，其价格则以万元为标准浮动。

目前，世界上可以系列化生产 DV 机的厂商只有五家，分别是索尼、松下、三星、佳能及 JVC。其中索尼的市场份额最大，在市场上占到 40%。

DV 从 2000 年就开始“崭露头角”，只不过当时因为其价格不菲，而没有成为人们关注的焦点。但随着 DV 价格的全面下调，DV 市场已呈“飞入寻常百姓家”之势。像市面上比较畅销的一款 80 万像素的 DV 机，价格只有 3 000 多元，跟 DC 几乎不相上下。

目前，市面上的 DV 机，其主流价格在 5 000 元上下；随着 DV 机的进一步风行，其主流价格不会变，但由于 DV 机成本的进一步下降，DV 市场呈现一种“长江后浪推前浪”的发展趋势，在半年后，花 5 000 元就能买到现在市面上 8 000 元左右的 DV 机。这种消费模式很像 IT 市场，市场上最好卖的永远是 5 000 ~ 6 000 元的电脑，但其配置却不断攀高。

购买 DV 注意事项:在购买 DV 机时,并不是像素越高越好。建议消费者应该根据自己的实际需要来选择 DV 设备。拍完的 DV 短片如果使用电视播放(刻录成光盘),选择 80 万像素的机子足矣,因为这个标准已经足够满足目前 DVD 及 VCD 清晰度的播放要求。

适合人群:农村进城打工中层次较高有美术和计算机素养的中青年人。

注意事项:要从事这一行业,计算机、美术知识是必不可少的。另外,对数码相机和摄像机也要有深入的认识。因为从事本职业的前期投入较高,所以,如果选择这个职业一定要多了解一下市场情况,以免投入与产出不成比例,甚至被“套牢”。

第四章 进城经商怎样服从国家管理

任何事情都有其特定的“规矩”。了解并掌握了这些规矩,就是所谓的“入门”。下面的31个问题,涉及国家对工商、税务管理活动的有关规定,办理工商执照、纳税鉴定、减免税申请等的条件和程序、支票的使用方法、合同法律效应的制定以及银行的贷款等等,都是人们进城经商办企业必须首先掌握的。当然,在实践中你会遇到更多更复杂的难题,但相信以下的内容会助你得其门而入。

一、哪些部门对个体工商户进行行政管理

对个体工商户的行政管理,由工商行政管理、物价、税务等经济监督调节机关及公安、城建、交通、卫生等专业行政管理部门分别负责,协同管理。个体工商户没有主管机关,他们生产经营所需要的燃料、原材料、商品等,凡国家供应的,由业务部门根据规定供应,也允许在政策许可范围内自行采购。对他们的思想教育,由各级个体劳动者协会负责。但是,工商个体户的特点是经营分散,涉及各行各业,很有必要明确一个部门对它实施行政监督管理,《城乡个体工商户管理暂行条

例》第六条规定了工商行政管理机关对个体工商户管理的四条职责，其中主要是：代表国家确定个体工商户的合法地位，对个体工商户的经营活动进行管理和监督，对个体劳动者协会的工作进行指导。另一方面，考虑到个体工商户的一些专业性、技术性较强，没有有关行业主管部门的配合，工商行政管理难于对他们的经营活动进行有效的检查、监督，所以《城乡个体工商户管理暂行条例》还规定："各有关行业主管部门应当按照国家规定，对个体工商户进行业务管理、指导、帮助。"各有关行业主管部门对个体工商户的管理，也是一种行政管理，不同于过去"归口管理"。

二、哪些人可以申请从事个体经营

城乡待业人员包括城乡待业青年和其他社会待业人员均可以从事个体工商业经营。至于待业青年，据劳动人事部《城乡待业人员登记管理办法》的解释是指"年龄在16～25周岁，具有劳动能力、未能升学而要求就业的初、高中毕业生以及其他要求就业的适龄青年"。

三、哪些人员国家政策允许从事个体经营

国家政策允许从事个体工商业经营的人员是指除城镇待业人员、农村村民以外的其他人员。按有关规定包括下列人员：

1. 退休职工

根据国务院1983年4月13日发布的《关于城镇非农村个体经济若干政策性规定的补充规定》第三条，以及1984年2月27日发布的《关于农村个体工商业的若干规定》第九条的规定，退休职工除病退外，符合下列条件之一的，可以批准其经营个体工商业。

(1)能够带学徒，传授技艺或经营经验；(2)有传统技艺，能够恢复发展名特产品的。

2. 离、退休专业技术人员

据国家工商行政管理局对有关规定："企业、事业单位中的离、退休专业技术人员，凡申请从事个人翻译、技术咨询等技术服务性业务的，只要经有关部门审核批准，持有资格证明，工商行政管理机关可按有关规定，核发营业执照，作为个体工商户进行管理。党、政机关的离、退休专业技术人员申请个体经营的，仍按中共中央、国务院有关规定办理。"

3. 在职一般乡镇干部

对在职"选聘的乡镇干部，除了其中担任乡镇党委正副书记、正副镇长、正副乡经管会主任以外，在做好本职工作的前提下，可以利用业余时间兴办企业和参与有关企业的经营活动，但不得经营与本人分管工作业务有直接联系的工商企业。他们所经营的个体或集体企业，应按照国家工商行政管理部门的规定，申报批准，依法经营”。（中共中央、国务院发布的《关于严禁党政机关和党政干部经商、办企业的决定》）。

4. 在职科技人员

在职的“科学技术人员在完成本职工作和不侵犯本单位技术权益、经济利益的前提下，可以业余从事技术工作和咨询服务，收入归己”。“允许集体或个人建立科学研究或技术服务机构。地方政府要对它们进行管理，给予指导和帮助，凡是以盈利为目的的这类机构，要到工商行政管理部门申请注册（登记）”。

5. 停薪留职职工

据国家经济委员会、劳动人事部、国家工商行政管理局1984年9月7日发出的《关于企业职工要求停薪留职问题的补充通知》中规定：停薪留职的职工，是指国营企业富余的固定职工。对区、县以上所管集体企业的富余职工如何办理，由省、自治区、直辖市人民政府确定。被判处管制、缓刑、监外执行的犯罪分子以及受留用察看处分的人员，不能停薪留职；受到一般行政处分的人员，可以停薪留职；关、停的国营企业职工，由行业主管部门会同当地劳动人事部门统筹安排。一时安排有困难，职工本人又要求停薪留职的，经企业主管部门批准，也可以停薪留职。停薪留职的职工可以申请从事个体经营。申请者可凭停薪留职协议书（关、停企业凭主管部门证明）到当地工商行政管理部门申请登记，经审查核准后，发给营业执照。又据国务院1987年发布的《关于进一步推进科技体制改革的若干规定》中规定：各有关单位要有计划地组织科技人员，或支持和鼓励部分技术人员以调离、停薪留职方式兴办经营各种所有制形式的技术开发、技术服务、技术贸易机构。

6. 刑满释放人员、劳教解除人员

刑满释放人员、劳教解除人员应当广开门路安置就业。刑满释放人员、劳教解除人员中要求申请从事个体工商业的，应根据国务院1983年4月13日发布的《关于城镇非农业个体经济若干政策性规定的补充规定》：凡有城镇正式户口、有经营能力的，都可以申请从事个体工商业。

7. 侨居我国的外国侨民

据公安部、外交部的有关规定：凡有住在城镇的外侨待业青年、退休职工和社会闲散无业人员，具有一定的业务技术和经营能力，经所在地街道办事处和派出所同意，可以向所在地区、县工商行政管理局申请个体经营，经核准登记，发给营业执照。

四、如何办理个体工商户登记手续

1. 办理范围

凡有经营能力的城镇待业人员、农村村民以及国家政策允许的其他人员，可以申请办理个体工商户登记。个人经营的，以经营者本人为申请人；家庭经营的，以家庭成员中主持经营者为申请人；个人合伙经营的，以其负责人为申请人。

2. 应具备的条件

(1)有与其生产经营和服务规模相适应的资金和必要的经营设施；

(2)有固定的经营场所或批准允许经营的摊点；

(3)符合国家法规、政策规定的经营管理。

3. 应提交的文件、证件

个体工商户(包括个人合伙)申请登记，应当填写《个体工商户申请登记表》，并提交：生产经营场所使用证明；城镇待业人员的求职证；农村村民的户籍证明或居民证；国家政策允许的其他人员，应提交允许其从事个体工商经营的证明材料；从事国家有专项规定的产业经营，还应提交有关部门的批准文件；个人合伙经营的，要提交合伙签订的合伙经营合同协议等。

4. 登记发照的机关

在城区、近郊区和县城经营的，由其所在地区、县工商行政管理局直接登记发照；在其他地区经营的，由其所在地的工商行政管理所受理审核，报区、县工商行政管理局核准发照。

农村进城经营的个体工商户，凭原地工商行政管理机关核发的《营业执照》以及本市户口暂住证，到经营所在地的区、县工商行政管理机关换领本市《临时营业执照》。

5. 变更登记与注销登记

个体工商户需要改变名称、经营场所、经营范围、经营方式以及改变家庭经营者姓名时，应向原登记的工商行政管理机关办理变更登记。个体经营在改变经营者时，应当重新申请登记。个体工商户歇业，应向原登记的工商行政管理机关注销登记，缴回营业执照和印章。

6. 办理程序

申请人提交的证件完备后，工商行政管理机关即予受理。区、县工商行政管理局直接受理时，一般在15天内完成登记发照工作；工商行政管理所受理的，需报经区、县工商行政管理局核准，在20天内办完登记发照。

五、怎样核定经营范围

经营范围是个体工商户业务活动的主要依据，也是工商行政管理机关对个体工商户进行监督管理的主要内容。审核发照机关在核准个体工商户经营范围时，要严格按照国家规定的产业标准，明确规定生产经营商品的类别，主营什么，兼营什么；“老、少、边、穷”和交通不便地区，核对时可适当放宽，以方便群众生活。

六、什么是主营和兼营

主营，是指个体工商户生产经营的主要商品或服务的主要项目。

兼营，是指个体工商户附带经营和本产业相近或按历史习惯经营的商品或服务项目。

七、什么是经营方式

经营方式，是指个体工商户采取什么方式从事生产经营活动。个体工商户的经营方式包括：

1. 自产自销

自产自销是指个体工商户自己销售自己生产的产品的经营方式。

2. 代购代销

代购代销是指个体工商户为其他生产经营单位代销商品，或代为收购商品，并取得手续费的经营方式。

3. 来料加工

来料加工是指个体工商户为顾客或为其他生产经营单位加工成品或半成品，收取加工费的经营方式。

4. 零售

零售是指个体工商户从生产单位或批发部门购进商品，将其直接售给消费者的经营方式。

5. 批发

批发是指个体工商户成批销售商品的经营方式，批发是流通的中间环节。

6. 批零兼营

批零兼营是指个体工商户经核准以批发业务为主兼营零售业务的经营方式。其特点是：销售对象既可以是经营者，也可以是消费者。

7. 客运服务

客运服务是指个体工商户使用机动或非机动车、船从事运送旅客的经营方式。

8. 货运服务

货运服务是指个体工商户使用机动或非机动车、船从事货物运输的经营方式。

9. 代客储运

代客储运是指个体工商户代顾客或其他单位储存货物，代办托运货物的经营方式。

10. 代客装卸

代客装卸是指个体工商户代顾客或其他单位提供货物装车、卸车劳务服务的经营方式。

11. 修理服务

修理服务是指个体工商户为顾客或其他单位维修损坏的生产资料或生活用品，使其恢复使用价值的经营方式。

12. 培训服务

培训服务是指个体工商户举办各种技术培训班等经营方式。

13. 咨询服务

咨询服务是指个体工商户为顾客或其他单位提供信息，转让技术等的经营方式。

国家政策法规允许个体工商户的经营方式还有贩运、摆摊设点、流动服务等，均属经营方式的范围。

八、什么是营业执照

营业执照，是国家授权工商行政管理机关核发给批准登记的个体工商户，准许其在规定的生产经营范围和生产经营方式内从事经营活动的合法凭证。未领取营业执照而从事经营活动的，应予以取缔。

九、什么是营业执照副本，它的作用是什么

营业执照副本，是个体工商户根据业务活动的需要，向原

登记的工商行政管理机关申请领取的合法凭证。营业执照副本可作签订合同、注册商标等的合法证明。对从事客货运输、贩运以及摆摊设点、流动服务的个体工商户可作为营业凭证。

十、什么是临时营业执照

临时营业执照，是国家授权工商行政管理机关核发给批准登记的从事季节性经营、异地经营及政策上允许的其他个体工商户，准允其在核定的生产经营范围、生产经营方式和有效的时期内从事经营活动的合法凭证。

十一、什么是验照

验照，是登记管理的内容之一。主要是对个体工商户的登记项目和经营情况进行核对、检查，看是否按照核准登记项目从事经营。如有违反规定的，根据情节轻重给予处理。

工商行政管理机关确定在每年三月底以前对核准登记个体工商户的营业执照进行验照，在异地经营一年以上的个体工商户，由经营地的工商行政管理机关进行验照。

十二、什么是换照

换照，就是换发营业执照。换照有两种情况，一是例行换照，即营业执照有效期满后，工商行政管理机关应换发个体工商户的营业执照。二是个体工商户改变原登记的主要登记项目，应办理变更登记，换发新的营业执照。

十三、什么是扣缴营业执照

扣缴营业执照，是对个体工商户进行监督管理的处罚手段之一。个体工商户如果从事违法经营而情节又十分严重，应责令其停业整顿。同时，工商行政管理机关扣缴其营业执照。在一定期限内，如达到整顿要求，则发还其营业执照，准其继续营业；如果发现继续从事违法经营活动，则吊销其营业执照，即取消其个体经营的资格。

十四、什么是收缴营业执照

收缴营业执照，是工商行政管理机关行使职权的一种手段。个体工商户逾期不办理验照手续，或者自行停业超过6个月的，原登记的工商行政管理机关或经营地工商行政管理机关有权收缴其营业执照及其副本或临时营业执照，并予注销。

十五、什么是缴销营业执照

缴销营业执照，是指个体工商户歇业，由原登记的工商行政管理机关收回注销其营业执照。

十六、什么是吊销营业执照

吊销营业执照，是指工商行政管理机关收回并注销违反国家行政法令、有严重非法经营活动的个体工商户的营业执照，表示这一个体工商户已不具备继续从事生产经营活动的资格。吊销营业执照是工商行政管理机关给予个体工商户的最严重的行政处分。吊销营业执照要经县以上工商行政管理局局长批准。

十七、被收缴、吊销营业执照后，是否可以再次申请从事个体工商业

个体工商户缴销、被收缴营业执照，不是对经营者的一种处罚，因此，经营者如果继续要求从事个体工商业经营的，可以重新登记申请。个体工商户被吊销营业执照的，则是对其经营者违法行为的一种处罚，须自被吊销营业执照之日起6个月后方可申请登记，从事个体经营。

十八、个体工商户怎样办理税务登记手续和履行纳税义务

个体工商户应该办理的税务登记依次分为开业登记、变更登记、重新登记和注销登记。凡经工商行政管理部门批准

从事生产、经营的个体工商户，应自领取营业执照之日起30日内，执有关批准营业的证件，向当地税务机关申报办理开业税务登记，经税务机关审核，发给税务登记证。纳税人办理开业税务登记后，发生改组、分设、合并、联营、迁移、歇业、停业、破产等，应自有关部门批准之日起30日内，办理变更登记，或重新登记，或注销登记手续。

为了依法履行纳税义务，个体工商户还应履行如下义务：按照税务机关核定的期限如实地向主管税务机关进行纳税申报，以便确定应纳税项目；必须按照税法规定，建立健全账簿制度，认真地使用税务机关发售的《购货簿》和《凭证粘贴簿》，如实地填写购货簿，不得隐瞒；接受税务机关的税务检查。

十九、国家向个体工商户征收哪些税种

国家向个体工商户征收的税种有城乡个体工商户所得税、产品税、增值税、营业税。从事煤炭、金属矿产品和其他非金属矿产品资源开发的个体工商户，要按《资源税条例》规定缴纳资源税。凡缴纳产品税、增值税、营业税的个体工商户需缴纳城市维护建设税。在开征城市房地产税和车船使用牌照税的地区，个体工商户要按规定对自有房屋、车辆缴纳城市房地产税和车船使用税。

二十、什么叫欠税、漏税、偷税、抗税

欠税，是指纳税人因故超过税务机关核定的纳税期限，没有按时缴纳、未缴或少缴税款的行为。漏税，是指纳税人无意而发生的未缴或少缴税款的行为。偷税，是指纳税人有意违反税收法规，用欺骗、隐瞒等手段逃避纳税的违法行为。抗税，是指纳税人拒绝遵照税收法规，履行纳税义务的行为。

偷税和抗税两者都是故意违反税收法规，逃避应纳税款的行为，其不同之处在于：偷税是采取隐瞒、欺骗等手段，抗税则是采取公开对抗的方式。因此，抗税行为比偷税行为更为恶劣。漏税行为人主观上不具备逃避纳税的目的，但如果是漏税被发现后，漏税行为人无正当理由，拒不补缴税款，则漏税行为性质就转化为抗税了。

二十一、怎样办理纳税鉴定手续

（一）办理纳税鉴定的对象和时间

凡办理了税务登记的纳税人以及代征人，均应在取得收入后30天内向主管税务机关申报办理纳税鉴定。

（二）办理纳税鉴定的程序

纳税人到主管税务机关领取《工商企业纳税鉴定申报表》，逐项如实填写一式三份，加盖企业正式印章后报送主管

税务机关两份,一份留企业备查。经主管税务机关审核后,于30日内作出正确的纳税鉴定,确定其适用的税种、税目、税率、纳税环节、计税依据、纳税期限和征税方式,并填写《工商企业纳税鉴定书》一式两份,一份交纳税人,一份留税务机关备查。

纳税人纳税鉴定项目发生变化时,应自变化之日起15日内向主管税务机关申报,及时修订纳税鉴定书。

二十二、如何办理纳税申请表

1. 办理纳税申请的对象和内容

凡办理了税务登记的纳税人及代征人(包括批准定期减免税的纳税户),均应在发生纳税义务后,按税务机关核定的期限如实进行申报纳税。

申报纳税要按规定填写纳税申请表,并向主管税务机关报送,同时送财务会计报表和有关纳税资料。

2. 办理纳税申报的时间和要求

纳税人纳税申报时间和代征人申报代征、代扣、代缴税款时间,由税务机关根据税法规定和纳税人、代征人的税种、税额等分别确定。

纳税人发生税纳义务超过15日或超过税务机关核定的纳税期限15日未向纳税机关申报纳税时,主管税务机关有权确定其应纳税额，并限期纳税。

二十三、购领和使用发票有哪些注意事项

发票是财务收支和会计结算法定的凭证，是税务稽查的重要依据。单位和个体工商户从事生产、经营、提供劳动服务等业务活动取得收入时，必须向付款方如实开具发票。商业、服务业向消费者个人零售小额商品或收取小额服务费，可以不开具发票，但消费者索要发票不得拒开。单位和个体工商户在本市购买商品（产品），接受劳动服务或其他服务等付出款项时，必须向收款方取得发票。

（1）单位和个体工商户首次购领发票，须持《税务管理登记证》到所在税务机关按规定填写《购领发票审批单》，经税务机关审核无误后，凭其核发的《发票购领凭单》到指定税务机关购买，以后购领发票只凭《发票购领凭单》，并加盖单位财务用章（个体工商户加盖个人印章）。

（2）有临时经营业务的单位和个人以及在集贸市场从事临时经营活动者，需使用发票，可在发生临时经营业务时，到所在地纳税机关申请填写开零售发票并交纳工本费。

（3）单位需用支付个人收入专用凭证，应凭税务机关核发的《购买特种发票结报手册》到指定税务机关购买。

（4）发票只限在本市行政区域内使用。发票填开单位和个体工商户在启用整本发票前应逐联检查，发现错联、错号等

应将整本发票交所在地税务机关鉴定后处理。

(5)发票必须按号码顺序使用,各联复写逐栏逐项如实填写清楚,并加盖单位财务专用章或发票专用章。填写错的发票应加盖作废章,各联发票完整保存。

(6)单位和个体工商户开具发票后的发票存根应至少保存5年。销毁发票存根,须造册登记,向所在地税务机关提出书面申请,经税务机关批准后方可销毁。

(7)单位和个体工商户因转业、改组、分设、合并、联营、迁移、歇业、停业、破产以及其他需要缴销或更换发票的,应在发生以上情况的次日起30日内,到所在税务机关缴销或申请更换,不得擅自处理。

(8)发票违章处理。发票违章行为是指转借、转让、倒卖、代开、撕毁、涂改、伪造发票,在填开发票时弄虚作假、擅自销毁发票,拆本使用发票,不按规定取得和印刷发票,丢失发票3日内未向所在地税务机关报告等。

对发票违章单位和个体工商户由税务机关没收其全部非法所得,责令其限期改正,并可根据情节对其处以5 000元以下罚款,对直接负责人的唆使、包庇者处以1 000元以下的罚款;拒不改正的,由税务机关吊销税务登记证,收缴其发票和其他税务管理的证件。因发票违章行为造成偷税、漏税、抗税的,另按规定给予处罚,构成犯罪的,依法追究负责人的刑事责任。

二十四、如何申请减税、免税，其报批程序怎样

1. 申请减税、免税的对象

减税、免税分为困难减免和政策性减免。

(1)纳税人因种种原因按规定纳税有困难的，可向当地税务机关提出减税或免税申请。

(2)依照税法规定定期减税、免税的，纳税人需向当地税务部门申请核批手续。

(3)凡是税法明确规定可以减免税的政策性减免，税务机关即依法进行减免，纳税人不必办理申请手续。

2. 报批程序

(1)要求减税或免税的纳税人，需要提出详细的书面报告，申述理由，提出有关的凭证、数据和要求减税或免税的数额等，送交当地税务机关。

(2)经当地税务机关审核，认为符合减免税务条件的，即发给“减免税申请表”，纳税人应如实填报各项内容，经企业主管部门审核、加盖公章后再报税务机关审批。

(3)当地税务机关按税务管理权限上报“减免税申请表”，经分级审批、批准给予减税或免税后，由审批机关报下达“免减税批复通知书”，当地税务机关通知纳税人。纳税人根据“通知”享受减税或免税照顾。申请减、免税的纳税人在

没有接到当地税务机关的批准通知以前，必须按规定交纳税款，不得擅自减税或停交税款。

二十五、个人收入调节税有哪些规定

1. 征收对象

凡在中华人民共和国境内有住所并取得个人收入的中国公民，都是个人收入调节税的纳税义务人，都应当按照规定缴纳个人收入调节税。

2. 征收计算标准

（1）对个人取得的工资、薪金、承包、转包、劳务报酬、财产租赁四项目综合收入，超过规定数额部分（如北京地区为超过 800 元以上部分），扣除规定免税项目外，依照超倍累进税率进行计算纳税。

（2）对个人所得的投稿、翻译、专利转让、专利实施许可和非专利技术的提供、转让等项收入，每次收入不满 4 000 元的，减除费用 800 元；4 000 元以上的，减除 20% 的费用，然后就其余额按比例税率 20% 征税。

（3）对个人取得的利息、股息、红利收入就每次收入额按比例税率 20% 征税。

3. 征收方法

实行由支付单位扣缴和纳税人自行申报纳税两种办法。

(1)向个人支付应缴纳个人收入调节税项目金额的单位为扣缴义务人,在支付的同时必须按照规定的适用税率计算代扣代缴应纳税款。

(2)纳税人月综合收入达到税法规定的纳税标准时,应当向当地税务机关办理纳税申报。对已纳税款,持扣缴凭证在应纳税额中减除。

个人收入调节税的税收征收管理有关问题,依照《中华人民共和国税收征收管理暂行条例》的规定执行。

二十六、如何使用支票

1. 支票的种类

支票是银行的存款人签发给收款人办理结算或委托开户银行将款项支付给收款人的票据,它是办理同城结算的重要方式之一。支票分为现金支票和转账支票两种,现金支票可以用于向银行提取现金,也可以用于转账;转账支票不得提取现金,只能用于转账。

2. 支票使用对象和时限

凡在银行开立账户的国有、集体、企事业单位和国家机关、部队、学校、团体以及具备条件的个体经营户,在同城或票据交换地区的商品交易和劳务供应及其他款项结算,均可以使用支票。支票,一律采用记名式,金额起点为100元(含转账支票和现金支票），付款期为 5 天（从签发的次日算起，到期日遇到假日顺延），过期无效。

3. 签发支票应注意的事项

（1）签发支票应注意用墨汁或碳素墨水填写，未按规定填写被涂改冒领的，由签发人负责。

（2）签发支票应填写收款单位（人）名称，签发日期，大小写金额及款项用途，对难以确定金额的转账支票，允许暂不填写金额，但其他内容必须按要求填写。支票大小写金额和收款人不得更改，其他内容如有改变，必须由签发人加盖预留银行印签之一加以证明。

（3）签发人必须在银行账户余额内按照规定向收款人签发支票，签发支票应加盖与预留银行印签全部相符的印章。对不符合规定的，银行除退票外并按面全额处以 5% 但不低于 50 元的罚款。对屡次违犯的，银行将给予警告、通报批评，直接停止签发人签支票。

（4）单位（人）从银行领用的空白支票，只限于本单位（人）使用，不得出租、出借或转让给其他单位或个人使用。对违反规定的银行按其支票票面全额的 5% 处以罚款，并停止其使用支票结算；造成的经济损失由领用支票单位（人）负责。

4. 收受支票应注意的事项

（1）收款人收到付款的支票后，应注意认真审查支票填写的各项内容是否真实无误，对于转账支票可要求持票人出示足以证明身份的证件，并将其证件号码、姓名、电话号码、单位地址批注在支票背后，对大额的支票也可通过电话与付款单位联系，以确定支票的真实性。

(2)支票不能作为商品交易中提货或发货的依据，收款人应及时填制两联进账单连同支票一并送交开户银行。收款人开户银行收到支票后经审查无误，通过票据交换提交给付款人开户银行，在约定的退票时间过后，付款人开户银行未发出退票通知，收款人开户银行可以为其收账。收款人必须在退票时间过后，款项收妥才能抵用或发货。

(3)收款人收到付款人签发的现金支票须在背面背书，执票到付款人的开户银行支取现金，并按照银行的要求交验证件，付款人开户银行除按规定审查有关内容外，还应审查是否符合现金管理规定，确属无误后方可付款。

5. 领用支票和办理现金挂失手续

(1)存款人领用支票时，应填写三联空白重要凭证领用单，并在一联上加盖预留银行印鉴，经银行核对印鉴相符，收取支票工本费和手续费后，在空白重要凭证登记簿上注明需用日期、存款人名称、支票起止号码，以备查核。

(2)银行出售支票每个账户只准一次一本，业务量大的可适当放宽。出售时应在每一张支票上加盖本行行名和存款入账号，并记录支票号码。

（3）单位撤销、合并结清账户时，应将未用空白支票填列两联清单全部交回银行切角作废。个体经营户停止营业或吊销营业执照，在账户撤销的同时，应将未用空白支票（包括作废支票）全部交回银行注销。未按规定交回而发生的一切经济损失由领用单位（人）负责。

（4）已签发的现金支票遗失，签发人应出具公函或有关证明，加盖预留银行印鉴，向开户银行申请挂失止付。银行查明支票确未支付，经收取挂失手续费后，在存款人账户账首明显处用红笔注明“××年××月××日第××号支票挂失止付”字样，公函或有关证明随账页一并保管。

（5）从银行领用的空白支票必须妥善保管，对已签发的转账支票或空白转账支票遗失，银行不受管理挂失，但可请求收款人协助防范，因丢失或其他原因造成的一切经济后果由领用单位负责。

6. 印章挂失及更换印鉴手续

（1）存款人领留银行印鉴遗失时，应出具公函并填写更换印鉴申请书，向开户银行办理挂失手续。经银行同意后方能办理更换印鉴手续，银行在新印鉴卡上注明情况，挂失满10天后，旧印鉴卡及公函随同传票装订保管。

（2）存款人因印章使用日久磨损、改变单位名称、人员调动等原因，申请更换印鉴时，应填写更换印鉴申请书，由开户银行发给新的印鉴卡，存款人将原印鉴盖在新印鉴卡背面，新印鉴全部盖在正面，并注明启用日期交开户银行。更换印鉴10日后，银行将旧印鉴卡随同传票装订保管。

7. 银行办理支票结算的责任

开户银行在受理存款人提交的支票时，应按规定认真审查支票，及时进行账务处理。银行因工作差错延误支票结算，影响单位（人）资金使用的，应按存（贷）款的利率计付赔偿金。由于银行的责任造成单位经济损失应给予赔偿，并按规定对有关负责人给予处罚或处分。

二十七、哪些经营活动在集贸市场上是禁止的

以下经营活动在集贸市场是禁止的：

（1）以各种票证换取商品和倒卖票证；

（2）没有县或县以上医药、卫生行政机关和工商行政管理机关发给的证明行医、出售药品；

（3）以次顶好，以假充真，掺杂使假，短斤少两；

（4）使用和出售国家明令禁止的不合格的计量器具，无计量管理部门证明出售计量器具；

（5）赌博、测字、看相、算命；

（6）伤风败俗、腐朽野蛮、恐怖、摧残演员身心健康、败坏

社会主义精神文明的卖艺活动；

(7)出售政策不允许上市的物品，出售规定需持证明而无证明的物品；

(8)无照经营或超越核定的范围经营；

(9)欺行霸市，囤积居奇，哄抬物价；

(10)打架斗殴及其他危害社会道德、社会治安的行为。

二十八、哪些商品(物品)不允许上市出售

1983年2月5日国务院发布的《城乡集市贸易管理办法》规定下列物品不允许上市出售：

(1)废旧有色金属及其制品、文物等。

(2)迷信品、违禁品。

(3)反动、荒诞、诲淫诲盗的书刊、画片、照片、歌片和录音带、录像带。

(4)有毒、有害、污秽不洁、腐烂变质食品及病死、毒死或死因不明的禽、兽、水产及其制品。

(5)麻醉药品、伪劣药品以及化学农药。

(6)国务院和省、市、自治区规定不准上市的其他物品。

二十九、怎样签订经济合同

在从事经济活动中，经常遇到签订经济合同之类的事情，所以，有必要了解一下这方面的常识。

合同也叫契约，是当事人为了协同从事某一种活动而平等协商订立的、用以明确各自权利和义务的协议。因其内容不同，合同又分为不同的种类，有确定当事人之间单纯经济关系的合同，有确定当事人之间与财产有关的人身关系的合同；还有其他合同。

《中华人民共和国经济合同法》（以下简称《经济合同法》）第二条明确规定，经济合同是法人之间为实现一定经济目的，明确相互权利义务的协议。经济合同具有一般合同的法律特征：是一种双方的法律行为；是当事人确立、变更、终止民事权利义务关系的法律行为。因此，订立经济合同不仅是一种经济活动，也是一种法律行为，它受法律的保护和监督。

（一）经济合同的特点

1. 经济合同的主体是法人，不具备法人资格的无权签订经济合同。在我国目前经济条件下，个体经营户、专业户、农户都是小商品生产者，他们与法人之间为进行商品交换而签订的合同，具有经济合同的性质。因此，《经济合同法》规定，“个体经营户、农村社员同法人之间签订合同，应参照本法执行。”

2. 经济合同的内容主要反映生产、流通领域中的经济关系，包括生产建设、商品流通、交通运输、科技协作等。这与主要反映个人消费领域中经济关系的一般民事合同不同。

3. 经济合同服从国家计划。经济合同的签订和履行主要是为了直接或间接地执行国家计划,一般受国家计划的制约和支配。

4. 经济合同是等价有偿的。非等价有偿的合同都不是经济合同。

5. 经济合同一般应采用书面形式。

6. 经济合同纠纷,一般经过仲裁程序,仲裁机关的裁决具有法律效力。不服裁决的可在规定的时间内到人民法院起诉,也可直接起诉。一般合同纠纷作为民事案件由法院管理,没有仲裁程序。

(二)经济合同的法律效力

经济合同的法律约束力,也叫法律效力。经济合同的法律约束力是有前提条件的。经济合同必须依照法律签订,也就是说只有依照法律签订的经济合同才具有法律约束力。经济合同的法律约束力大致表现在以下几个方面。

1. 合同必须全面履行

经济合同一经成立,当事人双方就要按照合同的规定,坚持实际履行和适当履行的原则,各自履行承担的义务。不履行或不适当履行合同的义务,则被视为违法行为。

2. 合同不得擅自变更或解除

经济合同本身是一种双方的法律行为,是双方当事人根据自己的利益而进行的经济往来，具有严肃的法律性，一经确立，就不能随意变更。如客观情况发生了变化，一方面要求变更或解除合同时，必须经双方协商达到新的协议之后，才能变更或解除原合同，否则就是违反合同的行为。

3. 经济合同是一种法律文书

双方当事人对于在履行合同中发生的争议，无论是协商解决或是申请合同管理机关调解、仲裁，还是诉讼法院解决，都要以有关法律规定和经济合同条款的约定为依据。

4. 国家强制力是对合同的保障

除了法律规定不可抗力的情况外，当事人不履行或不完全履行合同时，都要按照规定支付违约金和赔偿金，或强制违约方履行合同。这是经济合同具有法律约束力的集中表现。

经济合同的当事人是互相之间直接发生法律权利、义务关系的法律行为的主体。相互之间进行买卖货物的双方，就是这一买卖活动的当事人。经济合同的当事人是相互间签订经济合同的法人或与法人签订经济合同的自然人。

(三)经济合同的形式

经济合同的形式基本上有两种：一种是口头合同；一种是书面合同。口头合同是当事人之间用对话的方式达成的协议。它的特点是简单易行，适用于简单的、少量的经济交往。口头合同的订立和履行完全依靠信用，一旦有一方不守信用，就难以追究责任。书面合同是当事人双方经过协商一致,用文字的形式达成的协议。书面合同有利于加强双方对合同履行的责任,便于合同管理部门进行监督检查,出现纠纷在处理时也有据可查。《经济合同法》规定,经济合同除即时清结者外,应当采用书面形式。

(四)经济合同的种类

1. 计划经济合同和非计划经济合同

计划合同有两种情况:一是按国家指令性计划签订的合同。这类合同的物资、劳务、工程项目等指标及与之签订的单位,都由上级主管单位指令下达,双方当事人都不能自愿选择。二是根据国家计划签订的合同。计划合同必须按国家计划签订,当事人只能在计划范围内协商,计划变更时,合同也随之变更或解除。非计划合同,是双方当事人根据自愿协商的原则签订的合同。这种合同尽管不是依据国家指令性计划签订的,但它也间接地受国家计划的制约。

2. 诺成合同与实践合同

凡当事人双方意思表示一致,合同即告成立,称诺成合同。当事人双方不仅意思表示一致,而且必须交付标的物才算成立的合同,称实践合同。实践合同也称要物合同。例如:保管合同,只有把保管物交付后,合同才成立。

3. 要式合同与非要式合同

凡合同成立必须依一定形式才算有效的，为要式合同，否则为非要式合同。要式合同有的是法律规定的，如：《经济合同法》规定，经济合同除即时清结者外，应当采用书面形式，否则无效。又如：城市房产买卖，必须经房产管理部门登记过户，否则无效等。要式合同有的是双方约定。如：有的合同双方商定要经过鉴证或到有关部门审查核准才能有效等。

4. 主合同与从合同

凡不以他种合同存在为前提而独立成立的合同，称主合同。必须以他种合同存在为前提才能成立的合同，称从合同。如为担保买卖合同的履行而订立的保证合同，前者是主合同后者是从合同。主合同消灭，从合同自然消灭，但从合同消灭，一般不影响主合同效力。

5. 总合同与分合同

总合同通常指双方在经济协作基本内容上达成的原则性协议，有时也指基本建设工程项目的总承包合同。分合同是双方根据总协议签订的具体合同，或叫执行合同，有时也指基本建设总承包单位与分包单位订立分包合同。此外，按照合同的期限划分，可分长期合同与短期合同；按当事人的多少划分，可分为双边合同与多边合同；按合同主体划分，可分为国内合同与涉外合同等。随着社会生产力与科学技术的发展，经济合同的种类必然随之增多。

(五)经济合同的签订

签订经济合同是当事人双方的法律行为。因此,必须由双方当事人依照法律的规定,就合同的主要条款进行协商,就某一标的取得一致意见。合同是当事人意思表示一致的结果,法律上把意思表示分解为一方的要约和对方的承诺。订立经济合同一般要经过“要约”和“承诺”两个主要步骤。

要约也称订立合同的提议,是签订合同的第一步,由一方当事人向对方提出订立合同的建议和要求。提出要约的一方称要约人,对方称受要约人(受约人)。要约人在提出要约时,除表示订立合同的愿望和要求外,还必须依照法律规定明确提出订立合同的主要条款以及要求对方作出答复的期限等。要约是向特定的人提出来的。有效的要约必须具备三个条件:①要约的意思表示必须真实清楚。②要约的内容条款必须明确肯定。③要约必须传达到受约人时才能生效。要约的法律后果表现在以下三个方面:①要约人在要约的有效期内受要约的约束,就是在约定的时期内,不得再向第三人发生同一内容的要约建议。②要约在未送达前,要约人可以改变或撤销自己的要约。③对于超过承诺期或已撤销的要约,要约人不承担法律责任。

承诺就是接受订立合同的建议,是签订合同的第二步。承诺是指受约人对要约人提出的要约内容表示完全同意的一种意思表示。接受要约的一方叫承诺人。有效的承诺也必须具备以下三个条件:①承诺必须由承诺者本人作出。②必须无条件地全部同意要约所提出的全部条款。③必须在规定的有效期内答复要约人。不符合上述条件的就不能称为承诺。

承诺中对要约提出修改或补充,或者迟到(过期)的承诺,应看作是提出新的要约。在实际签订合同的过程中,常常是要约——新要约——再新要约——承诺,反复多次直至达成协议。

承诺的法律后果表现为要约一经承诺,合同即告成立,承诺人就有履行合同的义务。如果承诺人撤回已生效的承诺,就是单方撕毁合同,就要承担法律责任。有效的要约和承诺,都要用书面的形式,并按一定的文书规范办理。

(六)签订经济合同应遵循的基本原则

1. 必须遵守国家法律

当事人的主体资格必须符合法律规定。合同的主体是法人和一部分公民。其次,经济合同的内容、订立的程序、合同的形式直到合同的履行都必须符合法律规定。任何单位和个人不得利用合同进行违法活动、扰乱经济秩序、破坏国家计划、损害国家利益。

2. 必须符合国家政策

我国实行的是社会主义市场经济,企业之间签订的经济合同，直接或间接地受国家宏观调控的制约。如：订立基本建设工程承包合同，要严格按照国家基本建设审批程序办理，未经审批的基本建设项目，不得签订合同。

3. 必须符合国家利益和社会利益

经济合同的内容不得违反社会公共利益。一切损害人民利益、危害国家利益的合同均不受法律保护，情节严重者还要受到法律的制裁。

4. 必须平等互利、协商一致、等价有偿

所谓平等，即合同当事人双方在法律上一律平等。因此，在签订合同时，不论国有企业、集体企业，还是个体经营户，也不论是上级和下级、大单位和小单位，双方地位一律平等，不允许以上压下，以大欺小，以强凌弱。所谓互利，即在不损害国家利益和公共利益的前提下，合同内容要照顾到双方合法权益，不允许滥用权力或本身有利条件搞“霸王合同”或“不平等条约”。所谓协商一致，就是双方当事人把自己的意志强加给对方，也不允许一方故意制造假象，致使对方形成错误认识，更不允许利用威胁手段订立合同。等价有偿是平等互利、协商一致原则在经济合同中的具体体现。

从法律上讲，订立经济合同当事人双方的权利和义务必须是对等的，也就是双方既是权利的主体，又是义务的主体。如：购销合同，供方有供货义务，也有收取货款的权利；需方有取得货物的权利，也有交付货款的义务。

以上原则必须认真遵守，违反其中的任何一条，都会引起一定法律后果。只有认真贯彻这些原则，合同才具有法律效力，才受到国家的保护。

（七）经济合同应具备的基本条款

经济合同的基本条款，也称经济合同的有效条款，是经济合同的主要内容和核心部分。它规定当事人双方的权利和义务，决定合同是否合法有效，也是当事人双方全面履行合同的主要依据。根据《经济合同法》第十二条规定，经济合同必须具备以下主要条款：

1. 标的

标的是合同当事人双方权利义务所共同指向的对象，它可以是某种实物或货币，也可以是某项工程或脑力劳动的成果和某项劳务。如：购销的商品、供应的物资、运输的劳务、工程的建筑物、信贷的货币、科技协作的研究成果等。但国家限制流通的物品，如：武器、弹药等不能作为经济合同的标的；国家专有财产，如：矿藏、森林、河流等也不能作为经济合同的标的。

2. 数量和质量

数量是衡量标的的尺度。签订合同时，必须明确规定标的的数量、计量单位和计量方法。有些产品还需要规定合同的磅差、正负尾差、超欠幅度、自然损耗等。计量单位和计量方法，按国家规定或主管部门规定执行；没有规定的，按双方商订的执行。对于地方性和习惯性的计量单位要作出明确的解释。对于随产品转移的易耗备品、配件、修理工具的数量也应具体规定，以免引起不必要的争议。质量，是标的的内在素质（包括物理的、机械的、化学的、生物的等）和外观形象的综合。标的质量要明确规定属于哪级质量标准（如：国家标准、专业标准等）。质量标准没有规定的，可由双方协商确定。协商标准应附具体的验收方法和标准或提交样品。样品如能保存的，可共同封存各存一份；如不易保存的，要将样品作详细书面记载，各留一份。

3. 价款和酬金

价款和酬金是指取得标的的当事人一方付给对方的代价，也称价金。在以货物为标的的合同中称价款；在以劳务为标的的合同中称酬金。它们都以货币数量表示，并用人民币进行计算和支付。

4. 履行的期限、地点和方式

期限是交付标的和支付价金或者酬金的时间。合同的期限可分为：有效期限，如：年度合同、季度合同等；合同的履行期限，即实现权利义务的具体时间，如：分期交付，每次交付多少。履行期限具体明确。履行地点是指在什么地方交付或提取标的。经济合同的履行地点应作明确具体的规定。采取什么方法履行合同的义务，称为履行方式。经济合同履行的方式多种多样，如：一次履行或长期履行。交货方法有送货、代运和自提。现金结算方式等，都应具体规定。

5. 违约责任

违约责任是指不履行合同应负的责任，也是对不履行合同的制裁措施。《经济合同法》第四章对违反各类经济合同的责任都作了原则的规定。在具体签订某项合同时，当事人双方应通过协商作出具体的规定，以保证合同的履行。经济合同规定的违约责任是根据过错原则确定的。过错包括故意行为和过失行为。由于一方的过错，造成合同不履行或不完全履行，由过错一方承担违约责任，如果由于双方的过错，要根据实际情况各自承担相应的违约责任。违约责任主要是采取违约金和赔偿金的形式。违约方偿付违约金和赔偿金后，对方要求继续履行合同，违约仍有履行合同的义务。

以上是签订合同的基本内容。除此之外，在合同中还应规定合同份数、送达单位、合同编号、生效日期；写明当事人的名称、住址、法定代表人姓名、职务、经办人姓名、职务，加盖公章等。有了这些条款，合同才能履行。

三十、怎样识别无效经济合同

凡是不发生法律效力的合同都叫无效合同。无效经济合同，从订立起就不产生法律效力。根据《经济合同法》第七条规定，下列经济合同为无效合同。

（一）违反法律和国家政策、计划的合同

经济合同是否有效，首先要审查经济合同主体是否具备法律资格。经济合同当事人双方必须是法人。个体经营户（也必须经核准领取营业执照）、农户同法人之间签订的合同除外。对经济合同当事人审查的主要内容包括：双方是否依法成立，有否营业执照、银行账户，所签订合同与其经济范围是否一致，生产能力与承担义务是否相适应，是否有履行义务的资金、设备、技术力量。对不具备法人资格，明显超出经营范围和无实际经营能力的，所签合同是无效的。其次，要审查经济合同的内容。经济合同条款违反国家法律、行政法规、政策或计划的，经济合同标的为国家明令禁止买卖的物品、未经许可经营的物品或法律、政策所不允许的行为，不论当事人的主观动机如何，都应确认为无效合同。

（二）采取欺诈、胁迫等手段所签订的合同

这类无效合同主要是当事人意思表示不真实。有的是在合同主体、履约能力或标的等方面故意制造假象欺骗对方，使对方形成错误认识，上当受骗；有的凭借经济实力或乘人急需，或在业务上的依附关系，从中断、停止业务交往等手段要挟，迫使对方接受不平等条款；有的利用上级行政手段，硬性推销滞销、残次产品，或包办下属单位签订合同，也有的业务人员利用职权与对方通谋行贿签订合同，骗取国家物资钱

财等。

（三）代理人超越代理权限签订的合同

代理人代签经济合同是一种法律行为。代理人必须有被代理人委托签订合同的书面证明，也就是《法人授权委托书》。代理人有权以被代理人的名义，并根据被代理人的意图和授权范围签订合同。代理人必须在被代理人授权范围内活动，并负有维护被代理人合法权益的义务。属下列情况之一的，为无效代理。

1. 代理未经授权、超越代理权限或代理权撤销后签订合同，未经被代理人追认的。

2. 代理人以被代理人的名义同自己签订合同。

3. 代理人以被代理人的名义同自己代理的其他人签订合同。

4. 代理人与对方通谋签订损害被代理人利益的合同。

（四）违反国家利益和社会公共利益的经济合同

我国目前存在多种经济形式，各自代表国家、集体、个人三方面的利益。它们的根本利益是一致的，但彼此之间还存在着差异，不能等同划一。国家利益是人民的整体利益、长远利益和根本利益的体现，任何单位和个人在从事经济活动中、签订经济合同时，都必须坚持集体利益、个人利益服从国家利益和社会公共利益的原则。一切损害国家利益和社会公共利益的合同，不仅无效，而且还要依法追究有关单位或个人的法律责任。

无效合同从订立的时候起，就没有法律的约束力，法律不予承认，不予保护。具备以下要件之一的，均为无效合同。

1. 合同主体不合格

合同法律关系的主体是否具有民事权利能力和民事行为能力，是认定合同有效与否的一个重要条件。如果不具备法人条件的组织以法人的名义签订合同无效。如果具备法人条件而违背法人活动的宗旨或者超越核准的经营范围签订的合同无效。如果公民（自然人）个人未经核准登记而以个体工商户的名义签订合同或者虽然核准登记但超越核准的经营范围签订的合同无效。如果没有代理权、超越代理权限终止后而进行未经被代理人追认的无效。

2. 合同当事人的意思表示不真实

意思表示是当事人把要求签订合同的愿望，通过对方所能理解的方式表现于外部，便于对方考虑、协商，达成协议。但由于种种原因当事人的意思表示与其内心的真实不一致。例如：受欺诈、胁迫签订的合同，乘人之危迫使对方违背其真实意志签订的合同，均为意思表示不真实而无效。

3. 合同内容不合法

合同具有法律约束力，受到国家法律保护，最根本的原因在于合同的内容合法。《经济合同法》第七条规定“违反法律和国家的政策、计划的合同”、“违反国家利益或社会公共利益”的合同无效。《民法通则》第五十八条规定。“恶意串通，损害国家、集体或者第三人利益的”、“以合法形式掩盖非法目的的”合同无效。

无效经济合同的确认权，归各级工商行政管理机关或人民法院。

经济合同被确认无效后，应终止履行。造成财产后果的，应根据当事人过错的大小，按照《经济合同法》第十六条、第三十二条分别作如下处理：

(1)返还财产。即使当事人的财产关系恢复到合同签订以前的状态，如果当事人依据无效经济合同取得的标的物还存在，则应返还给对方；如果标的物已不存在或者已被第三者合法取得；不能返还时，可用赔偿损失的方法抵偿。

(2)赔偿损失。指有过错一方给对方造成损失时，应当承担的责任。也就是有过错一方赔偿给对方的实际损失。如果双方都有过错，应按责任的主次、轻重来承担实际损失中与其相应的份额。

(3)收归国库。这是对当事人故意损害国家利益或公共利益行为所采取的一种惩罚手段。如果双方都是故意的，就追缴双方已经取得或者约定取得的财产。如果一方是故意的，故意的一方应将从对方取得的财产返回对方；非故意一方已经从对方取得或约定取得的财产，应当追缴。在追缴故意一方当事人的财产时,必须切实注意保护非故意一方当事人的合法权益。

(4)追究直接责任者个人的法律责任。《经济合同法》规定,对由于失职、渎职或者其他违法行为造成重大事故或者严重损失的直接责任人,应追究经济、行政直至刑事责任。

三十一、签好合同去鉴证

据有关部门的统计资料表明,我国的经济合同履约率仅在50%,而经过鉴证的经济合同,履约率通常都在95%以上。这种情况说明,在没有履行的合同中,绝大部分是没有经过鉴证的。

合同鉴证,就是在合同签订后由合同管理机关进行鉴定和审查,审查其是否合法有效,条款是否齐全等。按照合同法第四十四条的规定,"县级以上各级人民政府工商行政管理部门是经济合同管理的主管机关,负责经济合同的监督检查。"合同鉴证在合同监督中起着十分重要的作用,尤其是标的金额大、履行时间长的经济合同,鉴证就更加显得重要。

最近,国家工商管理局发布了《合同鉴证办法》,使合同管理进一步得到加强。该办法对合同的鉴证在操作程序和具体要求方面,均作了明确规定:

(一)鉴证机关

合同鉴证由县级以上工商行政管理机关办理。有条件的工商所，经上级机关确定，也可以县级工商行政管理局的名义办理合同鉴证。合同当事人可以选择到合同签订地、合同履行地或当事人所在的登记机关所在地的其中任何一个工商行政管理机关办理鉴证。

（二）鉴证范围

工商行政管理机关鉴证的合同主要是法人、个体工商户、合伙人等之间为实现一定的经济目的，明确当事人双方相互权利义务关系而订立的合同。按照有关分工，工商行政管理机关不负责涉外经济合同的鉴证。

（三）鉴证原则

合同鉴证实行自愿鉴证与强制鉴证相结合的原则。也就是说，合同鉴证根据双方当事人申请办理。法律、法规、规章明确规定应当鉴证的合同，双方当事人应当到工商行政管理机关办理鉴证手续。

（四）当事人申请鉴证应提交的材料

1. 合同原本；

2. 营业执照副本或者其他主体资格证明文件以及有关专项许可证的正本或者副本；

3. 签订合同的法定代表人的资格证明或者委托代理人的委托代理书；

4. 申请鉴证的经办人的资格证明；

5. 其他有关证明材料。

(五)鉴证调查

受理鉴证申请的工商行政管理机关需要对当事人、合同标的物及其他有关情况进行调查的,应当先进行调查,不得先行鉴证后再行调查。如需要委托外地工商行政管理机关协助调查的,应当出具委托调查函,明确告知调查的项目和要求。接受委托的工商行政管理机关应当在收到委托调查函之日起,10个工作日内回复,并不得收取鉴证协查费。

(六)鉴证审查

对申请鉴证的合同应认真进行审查,审查的内容主要有:

1. 合同主体是否合格;

2. 合同的内容是否违反法律、法规和规章;

3. 合同标的是否为国家禁止买卖或者限制经营;

4. 合同当事人意思表示是否真实;

5. 在合同上签字的人是否合法有效;

6. 合同的主要条款是否齐全,文字表达是否准确,签订手续是否完备。

鉴证机关经审查,符合鉴证条件的,应当自受理之日起7个工作日内办理鉴证。如需要委托外地工商行政管理机关调查的,应当自受理鉴证之日起,30个工作日内办理完毕。

（七）鉴证错误的补救

鉴证机关若发现本机关或者下级工商行政管理机关办理的合同鉴证确有错误的，应当撤销或者指令下级机关撤销鉴证，并采取措施，防止出现或者扩大损失。对于合同当事人以隐瞒真实情况手法骗取鉴证的，应当撤销鉴证，并依法予以处罚。

合同鉴证不仅对合同的监督管理是一个强有力的措施，而且更重要的是对合同当事人正确签订和履行合同起到保障作用。

首先，经过鉴证的合同在履行之前就避免其违法性，使之不会成为无效合同。现实生活中，有些合同之所以不能履行，其中一部分合同鉴订时就违反了法律规定，属于无效合同，当然也就谈不上履行。

其次，合同经过鉴证机关的审查，可以使合同内容更加完备、准确，保证合同质量，有效避免合同纠纷的发生。分析合同纠纷的原因，除恶意而为者外，其中大部分是由于本身存在的问题所致，如条款不完备，语言表达不准确等，经过鉴证，这些问题都会避免。

再次，合同鉴证对合同当事人是一种强有力的约束，可以更好地督促双方当事人按合同约定履行合同义务，从而提高合同的履约率。同时，一旦发生纠纷，也便于人民法院审理或仲裁机构仲裁，节省诉讼时间，减少损失。

总之，合同鉴证的好处很多，在今天交易环境尚存在不少问题的情况下，企业签好合同后不妨去鉴证。

三十二、个体营业主如何获得银行支持

正处于蓬勃发展的个体私营企业，迫切需要银行的信贷投入为之“施肥沃土”，然而银行在纷纷表示支持的同时，仍有“恐贷”的心理和行为，究其原因，是因为部分个体私营企业存在着一些欠缺与不足，银行对其有顾虑，怕贷款产生风险，因而不敢贸然行事。笔者经调查研究，个体私营企业要获得银行贷款的青睐，要做好以下几个方面：

（一）健全财务制度

部分个体私营企业无据、无账、账务不清，甚至还制造假账。银行对资金的来龙去脉，企业真实的经营效益、经营成本、资金实力等情况难以知晓，对贷款项目评估预测困难，当然不敢放贷。私营企业要获得贷款，必须首先建账建据、规范经营，按月制报表，改变资产隐型管理，提高企业经营的透明度。

（二）生产长线产品

相当一部分私营企业靠一些简单的设备生产一些质量不高、急需所用的产品，科技含量不高，抗风险能力差，产品、设